MARAVILLOSAS
historias
PARA ANTES DE
dormir
2

Título original: *Les merveilleuses histoires du soir*

© de la traducción: Mónica Rubio
© de esta edición: Roca Editorial de libros S. L.
© Fleurus, París, 2010
Primera edición: octubre de 2014

Av. Marquès de l'Argentera, 17, Pral.
08003 Barcelona
www.piruetaeditorial.com

ISBN: 978-84-15235-76-7
Depósito legal: B. 16.064-2014
Código IBIC: YBCS; YFJ

Impreso por Egedsa

RP35767

MARAVILLOSAS historias PARA antes DE dormir 2

pirueta

¡Escoge la historia que te apetec[e]

	Cuentos de aventuras	Historias del mundo entero	Historias fantásticas	Historias para dormi[r]
Princesas y caballeros	• Una princesa chicazo (p.117) • Camilla, la princesa del castillo que brilla (p.62)			
Piratas	• Los buenos modales (p.38) • Un capitán para *El tiburón negro»*(p.99)			• Pata de palo, el pirata (p.109)
Animales	• La loca carrera (p.173) • Zebraida (p.179)	• Héctor el mapache (p.60)		• El corderito que no podía dor[mir] (p.41)
Vaqueros e indios	• Un vaquero entre los indios (p.25)			
Hadas y magos	• Flor de Nabiza (p.104)			

	Cuentos de aventuras	Historias del mundo entero	Historias fantásticas	Historias para dormir
Brujas y brujos	• Las desventuras de la bruja Fenella (p.125) • La mansión de Satanicaboche (p.146)	• La bruja Cucaracha (p.112)		
Criaturas fantásticas	• La larga noche del dragoncito (p.43)	• Encuentro en el Sahara (p.54)		• Vendavales (p.10) • El unicornio de la noche (p.1
Niños y escolares	• El misterio de las bromas pesadas (p.46) • Una excursión movidita (p.136)	• El pequeño vendedor de mangos (p.96)		
Bandidos			• Los tesoros del bandido Caracola (p.56)	
Artistas	• El piano encantado (p.94)		• El museo encantado (p.130)	• Arnaldo y los lobos (p.12
Fantasmas				

El fantasma
de Trézec

★Una luna muy redonda iluminaba las amenazadoras torres del castillo. Un grito extraño resonó en la noche y el caballero Jehan tuvo que tranquilizar a su caballo inquieto:

—¡No es más que una vieja lechuza, no tengas miedo!

Pero acabó por bajar de su montura, que resoplaba.

—¡Ah del castillo! —gritó ante la puerta cerrada.

El puente levadizo descendió chirriando, pero cuando Jehan entró, no vio a nadie.

—¡Busco cobijo para pasar la noche! —dijo al llegar al patio.

Solo el viento que hacía revolotear las hojas secas le respondió con un susurro siniestro.

Avanzó un paso.

—¡UHHHHHH!

Se sobresaltó. ¡Esta vez no era una lechuza!

Le vinieron a la cabeza las palabras de un viajero: «¡El castillo de Trézec está encantado!

El fantasma ha hecho desaparecer a la señorita Alba.

Todos los caballeros que han acudido hasta allí han vuelto aterrorizados».

Pero Jehan era valiente… y curioso.

De pronto, una silueta blanca apareció al fondo del patio. Jehan, que no creía en los fantasmas, sacó la espada y corrió hacia ella. Pero una nube escondió la luna y, cuando se alejó, el fantasma había desaparecido.

—¡Ja, ja, ja!

Una risa metálica resonó en el patio. En ese mismo momento, se oyó un terrible ruido de cadenas y Jehan vio cómo el fantasma iba de una torre a otra a toda velocidad.

Subió hasta el camino de ronda y no pudo creer lo que veía… ¡Era un sistema de cuerdas y de poleas que hacía deslizarse una sábana! Un poco más lejos había un montón de cadenas atadas juntas que hacían mucho ruido cuando las agitaban.

—¡Muy listo, caballero! —oyó decir a una voz.

Jehan se volvió y descubrió a una bella joven.

—Soy Alba —dijo.

—Pero bueno, ¿por qué juega usted a los fantasmas? —preguntó Jehan, asombrado.

—Porque quería casarme… ¡pero solo con un caballero valiente!

Y le sonrió.

—¡Creo que por fin lo he encontrado!

Vendavales

Sara no conseguía dormirse. La lluvia azotaba su casa y los árboles del jardín crujían bajo la tormenta. ¿Cómo conciliar el sueño con semejante escándalo?

De pronto, las contraventanas de su cuarto chasquearon y la ventana se abrió. Un hombrecillo hecho de nubes y de cubitos de hielo se coló dentro, frotándose la frente.

—¡Ay! A fuerza de golpearme con los cristales, voy a acabar en el hospital.

Sara se asustó un poco.

—¿Quién… quién es usted?

—No te preocupes, soy el viento del Norte.

Soy turbulento y glacial, pero no soy malo.

No he entrado en tu casa a propósito. ¡Me marcho enseguida!

Pero en el momento en que iba a salir, el viento estornudó. Y el torbellino que formó se llevó la cama de Sara por los aires. El viento del Norte se lanzó a perseguirla:

—Perdón, Sara, no quería llevarte.

Y soltó unos suspiros que hicieron avanzar más deprisa a la cama.

Sara, muy calentita bajo su edredón, ya no tenía miedo. Admiraba el paisaje que estaba sobrevolando y vio a un hombrecillo hecho de vapor y de arena en medio del cielo.

—¿Quién es usted?

—Soy el viento del Sur, el más cálido de todos los vientos —respondió el hombrecillo—. ¿Ha sido el torpe del viento del Norte el que te ha traído hasta aquí? ¡Menos mal que estoy yo aquí y puedo devolverte a tu casa!

El viento del Sur infló los carrillos y sopló su aire cálido sobre Sara. La cama salió volando como una flecha en sentido contrario y Sara aterrizó rápidamente en su habitación. Pero un tercer hombrecillo, hecho de nubes y de algodón, la esperaba allí.

—¿Y usted quién es? —preguntó la niña.

—Soy el viento del Sueño…

Sopló sobre la cama y la envolvió en una corriente de aire suave como una caricia. Poco después, mamá entro en la habitación. Sonrió al ver a Sara durmiendo como un tronco a pesar de la tormenta:

—¡Buen viaje al país de los sueños, tesoro mío!

¡ Feliz cumpleaños, maestra !

Esta mañana, Marion ha oído que la directora de la escuela deseaba un feliz cumpleaños a Pepita, la maestra.

—Deberíamos hacerle un regalo —susurra a su amiga Lilí.

—Tienes razón. Casi siempre es ella la que celebra nuestros cumpleaños.

En la clase, mientras la maestra pregunta a los alumnos, las niñas hablan alegremente de su idea.

—Marion, ¿cuántas son siete por ocho?

—Uhh…

—En lugar de charlar, repasa la tabla de multiplicar —la regaña Pepita.

Durante el recreo, Marion y Lilí reúnen a sus compañeros para hablarles de su idea.

—Podríamos regalarle unos zapatos de tacón —empieza a decir Elisa, mirándose los pies con aire soñador.

—¡O un paquete grande de chicles! —exclama Julián.

—Y si no, una barra de labios con brillos, o tizas perfumadas —propone Anita.

Surgen muchas ideas, pero cuando suena la campana anunciando el fin del recreo, no han logrado decidirse.

Toda la clase acaba de sentarse cuando la directora abre la puerta, contrariada:

—Tengo que mandar urgentemente la lista de obras que hay que hacer en la escuela —le dice a Pepita—. Necesito hablarlo con usted.

—Niños, repasad las conjugaciones durante mi ausencia —dice la maestra—. ¡Mira que hace tres años que estoy pidiendo que repinten las paredes! —añade mientras se aleja.

13

Rápidamente, Marion sugiere una idea que gusta a todos:

—¡Para el cumpleaños de la maestra, no tenemos más que pintar la clase!

En un abrir y cerrar de ojos todos se afanan alrededor de los tubos de pintura: Víctor no quiere el azul, es el color de su cuarto de baño; Clara dice que el rosa es para bebés, y que el gris es muy triste. Marion coge un pincel y pinta su rincón de amarillo. A su vez, Sebastián extiende feliz un verde resplandeciente.

—¡Mirad mis plantillas de flores! —exclama Lilí.

—Yo voy a pintar un caballero —decide Arturo.

—Démonos prisa —les anima Elisa—. La maestra no tardará en volver.

Los alumnos dan el último toque a su obra cuando aparece Pepita.

—¡Feliz cumpleaños! —gritan alegremente.

Pepita está asombrada ante esos fuegos artificiales que acaban de estallar sobre las paredes. ¿Hay que reírse… o enfadarse? Finalmente, se queda encantada: le parece que su clase está mucho más bonita.

—¿El pasillo no quedará un poco tristón? —bromea—. Habrá que repintarlo el año que viene… ¿De acuerdo?

La Navidad
de Pepino

Pepino vivía en la misma aldea que todos los demás duendes. Pero, contrariamente a los demás, no poseía ningún don extraordinario. No sabía conducir renos, ni hacer hablar a las muñecas, ni envolver perfectamente los regalos… En resumen, ¡que se sentía un poco inútil! Habían acabado por confiarle una tarea que nadie quería hacer y que no requería ninguna habilidad especial: tenía que abrillantar los cascabeles de Papá Noel. Se apresuró a hacerlo, con cuidado de no hacer mucho ruido, pero todos se quejaban de él:

—¡Menos fuerte!
¡Nos estás volviendo locos!

Pero sin desanimarse, Pepino trabajaba cada vez con mayor delicadeza, esperando conseguir algún día no molestar a nadie.

Una fría mañana de diciembre se dio cuenta de que en la aldea reinaba una gran agitación. Recordó que era el día en que Papá Noel acudía a escoger a los que lo iban a acompañar en su viaje. ¡Era el máximo honor para un duende! Pepino había olvidado aquel acontecimiento, pues sabía que a él nunca lo iban a escoger.

Cuando el majestuoso trineo tirado por los renos se posó en la plaza, todos lo rodearon.

—¡Eh, Papá Noel, mírame! ¡Soy el más fuerte!

—¡Y yo el más guapo!

—¡Y yo el más ágil!

Desde su ventana, Pepino contemplaba con un poco de envidia a todos aquellos duendes tan extraordinarios.

—¡Jo! ¡jo! ¡jo!

—dijo Papá Noel—.
Esta vez necesito a
alguien muy especial.

Frunció el ceño y se hizo el silencio. Observó con atención a la muchedumbre y hasta los más presumidos empezaron a dudar de su talento.

Empujado por la curiosidad, Pepino salió, con las manos aún llenas de cascabeles que estaba limpiando. Avanzó sin ruido, pero de pronto, los ojos de Papá Noel se fijaron en él.

—¡Eh, tú!

«Vaya —pensó Pepino—, ya he debido molestar otra vez.»

—¡Acércate!

Pepino se disponía a disculparse cuando Papá Noel continuó:

—Tengo que entregar una estrella de las nieves para el árbol de la reina de las hadas.

Es muy frágil
y necesito a un duende sumamente delicado.

—Y añadió, con una enorme sonrisa—: Estás cubierto de cascabeles y haces menos ruido que un ratón. ¡Seguro que tú eres el que necesito!

Poco después, bajo la mirada asombrada de todos los duendes, Pepino salía volando por el aire. Ruborizado de orgullo, sostenía entre las manos la preciosa estrella tallada en nieve y bordada con escarcha.

Un salmón para Gota de Rocío

El invierno había sido duro para la tribu de Pequeña Tormenta, el pequeño indio. Todos sentían el hambre y todos esperaban con impaciencia la luna de primavera, cuando los salmones remontan el río. Cuál no sería su decepción cuando, al llegar a la orilla en el día señalado, no vieron ni un solo pez en el agua.

Al oír lamentarse a Gota de Rocío, su hambrienta hermanita, Pequeña Tormenta gritó:

—¡Hay que ir río abajo para ver qué pasa!

—¡Joven impulsivo! —gruñó el jefe—. ¿No sabes que es un lugar maldito y encantado?

—¡Pero vamos a morir de hambre!

Un guerrero respondió:

—Más vale eso que desafiar a los espíritus.

Y todos volvieron al campamento con la cabeza gacha. Todos salvo Pequeña Tormenta, que se puso a seguir el camino del río, pues quería demasiado a Gota de Rocío como para temer a los espíritus.

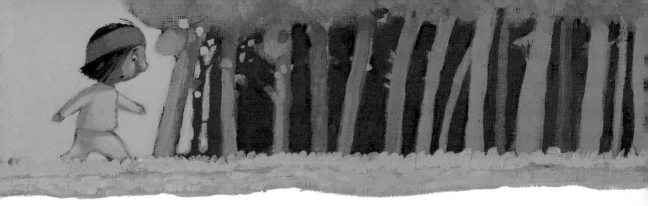

El bosque era sombrío y tupido, y el viento agitaba los árboles. Muy pronto se oyeron unos ruidos extraños. A veces eran gemidos que te ponían los pelos de punta y otras silbidos que te helaban la sangre. Pero Pequeña Tormenta, aunque tembloroso, no dejaba de avanzar.

Pronto llegó ante una gruta. Al ver que el río penetraba en ella, comprendió que debería entrar él también en aquella terrible caverna oscura. Se oyeron de pronto agudos quejidos, pero él se armó de valor y entró.

Sorprendido, descubrió inmensas estalactitas y estalagmitas. Al colocar la mano sobre una de ellas, la sintió vibrar y oyó que el silbido cambiaba.

—He aquí el origen de todos esos siniestros ruidos. No es más que el viento que juega con las rocas…

Y se echó a reír, aliviado: ¡no había malos espíritus!

Apresuró el paso y llegó al claro de un bosque. Vio entonces que el río estaba atascado por troncos de árboles, que impedían el paso a los salmones. Con ayuda de una gruesa rama, empezó a empujar los troncos. Finalmente, tras muchos esfuerzos, consiguió abrir un paso. Enseguida, los peces empezaron a saltar hacia delante.

Pequeña Tormenta pescó rápidamente un salmón para ofrecérselo a Gota de Rocío, y después volvió corriendo a su aldea para anunciar la buena noticia.

Cuando contó su aventura, todo el mundo se quedó muy sorprendido, y el jefe dijo:

—Pequeña Tormenta tiene un corazón valiente y generoso. ¡A partir de ahora, lo llamaremos Gran Trueno Temible!

El oso enamorado del cielo

Hou-Shi, el oso blanco y negro, estaba enamorado del cielo. Así pues, cuando llegó el momento de escoger una gruta para pasar el invierno, no lo dudó. Eligió una cueva cuyo techo tenía un gran agujero. Incluso tumbado podía seguir viendo el cielo.

El primer día, Hou-Shi no durmió y permaneció con la vista fija en la bóveda celeste. El segundo día, puso nombre a las nubes y a las estrellas. Pero el tercer día el oso tuvo sueño. Era hora de dormirse durante todo el invierno.

Hou-Shi se instaló cómodamente en su gruta y esperó que le llegara el sueño. ¡En vano! Por el agujero del techo entraba demasiada luz. Hasta por la noche, la luna y las estrellas iluminaban su caverna.

Muy cansado, Hou-Shi partió en búsqueda de una nueva gruta.

—¡Está ocupado! —le respondían.

—¡Ya no hay sitio!

Todas las grutas de los alrededores estaban ya ocupadas y nadie tenía la intención de apartarse para recibir a un nuevo ocupante.

Entonces Hou-Shi tropezó con un curioso objeto formado por dos discos negros unidos por un alambre.

—¿Qué será esto? —se preguntó.

Tras haber mirado el objeto por arriba y por abajo, se lo colocó sobre la barriga, en la cabeza, en los pies y finalmente en la nariz.

—¡Maravilloso!

—gritó entonces, muy emocionado. No veía casi nada. Eso le permitiría dormir a pesar de la luz. Rápidamente, el oso blanco y negro volvió a su caverna. Se acostó, se puso el extraño objeto sobre la nariz y se durmió enseguida.

Cuando despertó varios meses más tarde, Hou-Shi había dormido estupendamente. Pero cuando se quitó las gafas de sol —pues eso es lo que eran—, estas habían desteñido sobre su piel blanca.

Conservó las marcas negras alrededor de los ojos y, más tarde, sus hijos las heredaron...

Así aparecieron
los primeros pandas,
¡gracias a un oso
enamorado del cielo
y a un par de gafas!

Un hada entre las brujas

Como cada noche de luna llena, las brujas se han reunido en el bosque. Han preparado la poción especial para hacer nacer una bruja: baba de un viejo sapo, tres dientes de rata, patas de arañas peludas y laca de uñas pasada de moda. Ahora esperan…

De pronto, del caldero salta una bolita que se va desplegando lentamente. Un sombrerito puntiagudo, una varita mágica y ¡sorpresa! Mejillas muy sonrosadas. ¡Qué desgracia: es un hada! Una catástrofe.

La hadita crece y pronto se siente muy sola entre las brujas. En la escuela, cuando todo el mundo está aprendiendo a transformar a las personas en babosas pegajosas, la hadita las convierte a su pesar en príncipes o en princesas…

Un día, durante un paseo, se sienta al pie de un gran roble y se pone a llorar. Una de las ramas le toca suavemente el hombro y le pregunta:

—¿Qué ocurre, pequeña?

—¡Estoy tan triste! No me gustan los mismos juegos que a mis compañeras y nunca hago las cosas como ellas. ¡Me gustaría tanto encontrar amigas que se me parecieran…!

Mientras sus hojas secan las lágrimas de la hadita, el roble mágico le cuenta que un encantamiento la ha hecho nacer entre las brujas.

—Tienes que partir a tu reino. Esta no es tu verdadera familia. Para encontrar el reino de las hadas, toma ese camino de allí.

»Cuando llegues junto al unicornio de oro, ¡hazle cosquillas en el cuerno!

Muy contenta, la hadita sigue los consejos del árbol mágico. Y tras haber hecho cosquillas al cuerno del unicornio, se ve lanzada al centro de un claro del bosque encantado… ¡pero que está lleno de pequeñas brujas! Al verla tan desconsolada, la mayor de ellas golpea sus talones. Enseguida todas las brujas se transforman en hadas:

—Bienvenida —le dice—. Aquí estás en tu casa. ¡Es que era una fiesta de disfraces!

Un vaquero
entre los indios

Desde hace meses Andy y Yokuno se encuentran en secreto al borde del lago donde van, uno a dar de beber a su rebaño, y el otro, a su poni. Nadie debe descubrir la amistad del pequeño vaquero y del joven indio. El señor Johnson, propietario del rancho donde trabaja Andy, se lo ha advertido:

—¡Si veo a un indio cerca de mi rebaño, le pego un tiro!

En cuanto a Yakuno, su padre lo ha puesto en guardia:

—¡No te acerques jamás al hombre blanco!

En un idioma que han inventado para entenderse, Yokuno habla de su tribu y de su familia. Y Andy, que es huérfano, cuenta su vida junto al señor Johnson, que lo hace trabajar duro.

Una noche, el pequeño vaquero olvida cerrar la puerta del cercado…

—¡Han sido los indios! —chilla el señor Johnson a la mañana siguiente cuando descubre que su rebaño ha desaparecido.

Furioso, reúne a los granjeros de los alrededores y les dice:

—¡Vamos a dar una lección a los pieles rojas que nos roban el ganado!

Rápidamente, Andy corre hasta el
lago con la esperanza de ver a Yokuno.
Pero en lugar del joven indio, se encuentra
con las vacas que escaparon y que pacen
tranquilamente. Es demasiado tarde para avisar al
señor Johnson… Andy echa pues a correr entre los cactus,
salta los barrancos, escala el cañón y ve finalmente un fuego, tipis y el
poni de su amigo.

De pronto, una mano lo sujeta contra el suelo y se ve rodeado por amenazantes guerreros.

—¡ YOKUNO ! » —grita Andy.

El pequeño indio acude corriendo y traduce lo que dice su amigo:
—Vienen los hombres blancos. ¡Nos acusan de haber robado sus animales!
En efecto, ya empiezan a aparecer los granjeros, armados de fusiles y de horcas.
Al ver a Andy con los indios, el señor Johnson explota de rabia:
—¡Pequeño traidor!

—Los indios no tienen nada que ver —explica Andy—. Yo fui quien se olvidó de cerrar la cerca. El rebaño está en el lago, ¡vaya a verlo!

Johnson no lo escucha y saca el fusil, pero los demás granjeros lo interceptan.

—¿Qué? ¿Ni siquiera has ido a buscar a tus vacas? ¡Nos has engañado! Arréglatelas con los indios —le dicen, volviéndole la espalda.

—¡Esperadme! —grita Johnson.

Se ha calmado de repente, y corre tras ellos abandonando a Andy.

A partir de ese momento, el pequeño vaquero está realmente solo en el mundo. Entonces el jefe indio le coloca la mano en el hombro y le habla con dulzura.

—Mi padre dice que eres valiente —traduce Yokuno—. Has evitado la guerra. Pregunta si quieres quedarte entre nosotros.

—¡Oh, sí! —responde Andy, loco de contento.

—¡Entonces, a partir de ahora serás mi hermano!

Un tesoro inesperado

Manola desea con todas sus fuerzas encontrar el tesoro que en otros tiempos escondió su abuelo, un pirata llamado El Cernícalo. Un día, cuando se encuentra sentada a la mesa en una taberna con su tripulación, ve entrar a otros piratas presas de una gran excitación.

—¡He descubierto una parte del mapa del Cernícalo! —exclama uno de ellos. Manola se queda estupefacta.

—¡Ese mapa pertenecía a mi abuelo! —grita, lanzándose hacia él—. ¡Devuélvemelo inmediatamente!

—¿Sabes con quién estás hablando? —ruge el hombre—. ¡Soy Jack, capitán del barco *Tinta de Fuego!*

—¿Y qué? Yo soy la capitana del *Velas de Tempestad* —salta Manola, roja de ira—. ¡Y poseo la otra mitad del mapa!

Los dos piratas se lanzan a un combate sin piedad, animados por sus respectivas tripulaciones.

De pronto, el loro de Manola se pone a gritar:

—¡Formad equipo, formad equipo, formad equipo!

—Ese pájaro no es nada tonto —reconoce Jack.

—Unamos nuestros pedazos de mapa. Si encontramos el tesoro, repartiremos el botín.

Dicho y hecho. Los dos piratas descubren entonces que el tesoro está escondido en lo alto del faro Corbino. Corren hasta él, suben las escaleras de cuatro en cuatro, encuentran una trampilla en el suelo y la levantan, con ojos ardientes de curiosidad. Allí está el cofre. Pero ¡cáspita! Está lleno de monedas… ¡de chocolate!

—¡Por mi pata de madera! —grita Jack, escandalizado—. Yo que esperaba comprar velas nuevas para el *Tinta de Fuego*.

—¡Y yo que quería cambiar el casco del *Velas de Tempestad*! —dice Manola.

Pero de pronto, se acuerdan del buen consejo del loro…

Ponen a trabajar a sus tripulaciones y pronto sus dos viejos navíos se transforman en uno nuevo, grandioso, al que bautizan como *Velas de Fuego*. Se dice que sigue surcando los mares, ¡en busca de un fabuloso tesoro!

29

Los enemigos
que no lo eran

Hace varias lunas, celebramos los ochenta inviernos de mi abuelo Ojo de Lince. Mi padre asó un bisonte para toda la tribu y cantamos y bailamos alrededor del fuego hasta altas horas de la noche.

Yo dormía a pierna suelta cuando un ruido de pasos me despertó. Abrí mi tipi y vi que la sombra de mi abuelo salía furtivamente del campamento. Sorprendido, decidí seguirlo.

Fue a la pequeña pradera que hay junto al torrente, preparó un fuego y se instaló delante de él. Iba a acercarme cuando apareció Acland, el viejo vaquero de la granja. ¿Qué había ido a hacer allí?

Mi abuelo y él se detestaban. Si se cruzaban, empezaban a insultarse:

—Ojo de sapo.

—Vaquero de pacotilla.

—Indio de feria.

—Pistola de agua…

Tuve miedo. Temía que aquel encuentro acabara en un duelo. Iba a ir a buscar a mi padre cuando mi abuelo se levantó. Acland lo estrechó entre sus brazos y sacó un regalo de su chaleco, gritando:

—¡Feliz cumpleaños, Ojo de Lince!

Se sentaron junto al fuego y se pusieron a charlar y a reír como viejos amigos.

De pronto, otro ruido me hizo volver la cabeza.

Dos trenzas sobresalían del tronco de árbol que tenía enfrente. Los dos hombres se callaron y se pusieron a escuchar.

—¡Salid, banda de chacales! —bramó Acland, sacando su pistola—. ¡Sabemos que estáis ahí!

Kate, la nieta de Acland, salió de su escondite y yo hice lo mismo. Los dos avanzamos con aspecto avergonzado hacia nuestros respectivos abuelos.

—Ah, sois vosotros, Kate y Corazón Feliz —sonrió mi abuelo. Pero ¿qué hacéis aquí?

—¡Yo creía que os odiabais!

—murmuré.

—Es en broma

—respondió riendo Acland—.

Hacemos como que nos odiamos para proteger a nuestras familias. Como todo el mundo cree que somos enemigos, nadie iría a atacar al otro clan sin nosotros.

—Además —añadió mi abuelo, sacando su pipa de la paz—, ¡esto me permite fumar sin que se entere tu abuela!

Nos invitaron a Kate y a mí a festejar una vez más el cumpleaños de mi abuelo. Desde entonces, nos reunimos a menudo los cuatro para divertirnos a escondidas.

La medalla de oro

—¡Declaro inaugurados los dos mil Juegos Olímpicos de las brujas!
—dice el presidente del jurado.

La más joven de las participantes, Leonia, está muerta de nervios.
Sus oponentes son numerosas, vienen de todos los países y sus
poderes son conocidos mundialmente.

—¿Quién es esta enana? —se ríen a espaldas de Leonia. Pero
ella no las escucha, se concentra para la primera prueba: la
carrera de escobas.

¡Preparadas, listas, ya! Todas las participantes despegan.

—¡La pequeña Leonia va a la cabeza! —grita el comentarista—. ¡Increíble!

¡Qué técnica! ¡Qué estilo!

Por desgracia, en la última recta, la española Rita la Pústula la adelanta acelerando de manera fulgurante.

—Quedar segunda no está tan mal —se dice Leonia, que empieza a sentir confianza en sí misma.

—Señoras, ahora deben preparar un filtro de amor que probarán con un espectador.

¡A sus marmitas!

Vierten zumo de cucaracha, bigotes de rata, muelen, mezclan… La poción de Leonia funciona tan bien que un señor muy tímido le lee un poema mientras se ruboriza. Pero otro se lanza sobre la rusa Olga la Ganchuda, que es feísima, para cubrirla de besos. Olga gana la prueba, por delante de Leonia, que queda en segunda posición.

—¡Última prueba: tienen que hacer una demostración espectacular de sus poderes!

Con unas cuantas fórmulas mágicas, los espectadores se ven cubiertos de pelos, babean o escupen víboras. Leonia consigue que le crezcan alas a un ogro, que da una vuelta al estadio volando. El jurado se queda impresionado.

Pero Dagnar la Rajada, una bruja danesa, desencadena una tempestad de nieve que cubre el estadio con un maravilloso manto blanco y que la hace merecedora de la victoria.

Leonia se queda muy decepcionada porque vuelve a ser segunda…

Pero cuando está esperando tristemente la entrega de medallas, se eleva un murmullo entre los miembros del jurado:

—¡Señoras y señores, nos informan de que las ganadoras de las tres pruebas han hecho trampa! ¡Quedan descalificadas!

Pues acaban de descubrir que la escoba de Rita tenía un minimotor, que Dagnar había activado a distancia unos cañones de nieve escondidos en el exterior del estadio y Olga, por su parte, tenía un cómplice que era su supuesto enamorado.

—No hay que confundir magia con hacer trampas —comenta con severidad el presidente del jurado—.

Las tres medallas de oro se conceden pues a la verdadera ganadora de las tres pruebas, nuestra bruja más joven:

¡Leonia!

Los **piratas** bailarines

Hace no mucho tiempo, en un reino rodeado de océanos, vivía una banda de terribles piratas. Atacaban a los grandes barcos, aterrorizaban a sus orquestas para robarles los instrumentos. Violines y arcos sobresalían entre sus cabellos hirsutos, estaban muy sucios y cubiertos de feas cicatrices. Nadie sabía por qué la habían tomado solo con los músicos, pero todos les tenían un miedo cerval.

Cada año, los chicos en edad de casarse desaparecían durante semanas enteras. Después, a principios del verano, los piratas los soltaban. Se les veía entonces alejarse cojeando, mudos, con la mirada perdida y cardenales por todo el cuerpo.

Nadie se atrevía a imaginar lo que habría pasado…

Nadie excepto el teniente La Lupa.

Si había una cosa que al teniente le ponía más nervioso que los piratas, eran precisamente los misterios.

Había tratado de interrogar a los hombres a su vuelta, pero ninguno parecía poder hablar. Así pues, al año siguiente, vigiló a los chicos en edad de casarse. La noche en la que fueron secuestrados, se coló tras ellos en el barco pirata y se escondió detrás de unos rollos de cabo.

Hacia media noche, el teniente vio que reunían a todos los chicos sobre el puente. De pronto, los piratas sacaron los instrumentos de sus cabelleras y se pusieron a tocar un vals. Y su capitán chilló:

—¡Señores, bienvenidos a nuestras lecciones secretas de baile! ¿Teníais miedo de confesar a vuestras novias que no sabíais bailar el vals para abrir el baile?

¡Pues bien, no os marcharéis de aquí sin saber bailar!

Pero si traicionáis nuestro secreto… ¡mucho cuidado!

El teniente La Lupa se vio así incluido en el baile. Giró, saltó, se dio golpes y se torció los tobillos mientras otros le espachurraban los pies. Después de unas cuantas semanas, volvió a casa cojeando, cubierto de cardenales, pero dispuesto a guardar el secreto… por el bien de los bailes del reino.

Los **buenos** modales

¡Barco a la vista! El capitán Rufus, capitán de piratas, se frota las manos:

—Es el navío de la reina de Inglaterra. Viaja siempre con sus joyas y posee los más hermosos diamantes del mundo. ¡Amigos míos, vamos a ser riquísimos!

—¡Es una locura, jefe! Son diez veces más numerosos que nosotros.

—¡Rufus el Terrible no se da nunca por vencido! Esta vez, lo lograré solo y por medio de la astucia. ¡Ayudadme a disfrazarme!

Vestido como un caballero, tocado con una peluca, empolvado y perfumado, Rufus el Terrible rema en una chalupa hacia el navío real.

—¡Ohé, socorro! —grita—.
Soy Lord Pig, y he escapado de un ataque de piratas.

La reina ordena que el pobre lord sea izado a bordo inmediatamente y que lo inviten a cenar.

—¡Ja, ja! —ríe el pirata para sus adentros—. Estos imbéciles no ven más allá de sus narices. ¡Esta noche, me quedo con las joyas y me largo tan ricamente!

Toma asiento en la mesa real, ante un mantel bordado donde brillan la vajilla de oro y los vasos de cristal.

La reina no ha empezado, pero el pirata ya está devorando. Coge el asado con las dos manos, bebe el vino de la botella, se escarba los dientes agujereados con espinas de pescado y habla con la boca llena:

—Entonces los piratas atacaron…

Crunch, Crunch…

Prendieron fuego…

Slurp…

—¡Oh! —murmuran los comensales indignados.

La salsa le gotea por la barbilla. Se limpia con el mantel.

—Bueno, nena —dice, ante el aspecto desolado de la reina—, ¿no tenemos hambre o qué?

Y tras estas palabras, suelta un enorme eructo.

—¡Esto es demasiado!
—explota la reina—.
¡Arrojad a este cerdo al mar!

Una magistral patada en el trasero manda a Rufus el Terrible a volar por encima de la borda.

Mientras nada hacia su barco, humillado y furioso, el pirata jura que no le volverá a pasar.

—Mamá tenía razón: hay que aprender buenos modales —anuncia a sus hombres, que creen que se ha vuelto loco.

Entonces, durante meses, los piratas aprenden la lección: fórmulas de cortesía, cursos de comportamiento, reglas de saber estar, artes de la mesa… No se olvidan de nada.

Unos años más tarde, en todo el Caribe no se habla más que de esos caballeros piratas mandados por un tal Lord Rufus. ¡Es que es increíble! Se disculpan antes de lanzarse al abordaje, besan la mano de las damas y les dan las gracias por el botín que se llevan. ¡Se les ha visto incluso interrumpir batallas a las cinco para tomar el té en tazas de porcelana, alzando el meñique!

El corderito
que no podía dormir

—¡Mamá, mamá, no me puedo dormir!

—No te preocupes, cariño, ya vendrá el sueño.

Gontran cierra los ojos con fuerza. A su alrededor, todo el mundo duerme. Pero por más que lo intenta, no consigue dormirse.

—¡Mamá, mamá, quiero dormirme de una vez!

—¡Bueno, pues cuenta corderos!

Gontran se incorpora en la cama: ¿pero qué dice su mamá?

—¡Mamá, si yo soy un cordero!

—Es verdad, cariño. Vamos a buscar otra idea. ¿Y si contaras dientes de león?

—¡Oh, no, eso me abre el apetito!

—Escóndete bajo la almohada.

—¡Tengo miedo! ¡Todo está oscuro!

—¿Por qué no recitas el alfabeto?

—A, B, C... Pfff... Es demasiado difícil.

—Pues cántate una canción.

—¡Buena idea! «Campanitas del lugar...»

Gontran canturrea pero cada vez está más agitado. Sin duda las campanas de la canción lo están espabilando.

—¡Ahora estoy nerviosísimo! —protesta.

—¿De verdad que no quieres contar corderos?

—No, eso me da risa. Ver saltar a mis amigos me da ganas de aplaudir. Mira, le toca a Maxi, que se cae en el estiércol. ¿Y justo detrás de él?, Lucía, que hace monerías...

—No, tienes razón. No hay que contar corderos. Si ves desfilar a tus amigos, no te dormirás. ¿Y si probaras con la poesía? Puede ser bonito. Yo te digo una palabra al oído y tú me dices una que termine igual.

—Buena idea. ¡Creo que va a funcionar!

—Si te digo «cordero»...

— Te respondo «bolero».

—Y ahora «caricia».

—Rima con «Alicia».

— «Gorrión» —propone en voz baja mamá.

Gontran guiña los ojos. Los abre, los cierra y parpadea.

— «Ron ron» —responde bostezando.

—Tití —murmura mamá.

—Zzzzíiii... —responde Gontran al dormirse.

La larga noche
del dragoncito

Cuando el invierno asoma la punta helada de la nariz, los dragones del páramo abandonan sus cuevas y vuelan hacia el verano.

Globito, el pequeño dragón, no ha salido nunca de la cueva y está muy emocionado.

—¡Mamá! —grita—.
¿Cómo es el verano?

¿Hay trolls? ¿Y humanos? ¿Y hadas?

—Paciencia, Globito mío —responde su mamá—. De momento, pongámonos en camino. ¡Sígueme y no te separes de mí!

La noche es tan oscura que Globito, que tiene tantas ganas de ver el mundo, no ve siquiera la cola de su mamá.

—Allá donde vamos —lo tranquiliza ella— el sol no se pone en toda la temporada. Es más grande y más caliente que aquí. Allá parece un gran globo dorado…

—¡Como yo! —exclama el pequeño dragón.

De pronto, se desata una tormenta. Globito se divierte persiguiendo los copos de nieve. Poco a poco se aleja de los demás dragones y pronto está completamente perdido.

—¡Que no cunda el pánico! —piensa—. Bastará con encontrar el sol y mamá estará allí.

Globito atraviesa el páramo nevado. Muy lejos, ante sí, ve una gran luz. ¡Sin duda será el sol! Qué raro, no está en lo alto de cielo sino abajo, en el valle.

Globito se acerca y se posa. Helo aquí en medio de cientos de pequeñas grutas y de miles de seres minúsculos.

—Esto deben ser humanos… Pero ¿por qué gritan así y me señalan con el dedo? —se pregunta el dragoncito.

Pronto empiezan a tirarle palos, piedras, flechas… Globito despega de inmediato, zigzaguea de acá para allá y enseguida se siente mareado.

¡De pronto, una gran red está a punto de atraparlo para siempre jamás!
Globito sube en picado hacia el cielo. ¡Uf, escapó! Pero no ve la alta
torre y…

¡ bong !

Se da un golpe con la campana.

—¿Qué vienes a hacer a la ciudad, dragoncito? —le pregunta la gárgola
de la torre.

—Busco el sol —dice Globito, atontado.

—¡Es por allí!

Globito se marcha de inmediato.

¡Al fin lo ve! Allá, entre las nubes, un enorme globo dorado, colgado en la
noche. Y encima de él, una silueta muy familiar que escruta el horizonte.

—¡Mamá! —exclama Globito, posándose junto a ella—. ¡Mira! ¡Te he
encontrado y he encontrado el sol!

Su mamá lo cubre de besos. Finalmente dice:

—Hijo mío,
¡no es el sol, es la luna !

Vamos, el camino aún es largo. Esta vez, ¡vuela delante de mí

y que no te pierda de vista !

El misterio de las bromas **pesadas**

A Tomás le gusta su escuela, aunque el director es horrible. Por suerte, el señor Gruñón pronto se jubilará. Pero este año, pasan cosas raras: una mañana, el maestro de primero de Primaria ha descubierto su caricatura pintada en una pizarra. Otro día han encontrado a la maestra de quinto encerrada en el cuarto de los cubos de basura...

—¡No hay más recreos hasta que el culpable confiese! —decreta el director.

En el comedor, la maestra de cuarto lo escupe todo gritando:

—¡Ajj! ¡Han puesto pimienta en el ketchup!

—¡Se acabaron las patatas fritas! —ordena el señor Gruñón—. ¡A partir de ahora, no habrá más que espinacas y brócoli!

Como a cada broma le sigue un castigo colectivo, ya no se ríe nadie.

—¡Hay que encontrar al culpable! —decide Hugo.

—Pensemos —dice Luisa—. Tiene que ser uno que entre por las noches a la escuela para preparar las bromas.

Tomás, que vive justo detrás de la escuela, acepta enseguida espiar por la ventana.

La noche siguiente, ve luz y una silueta en la clase de tercero.

Haciendo acopio de todo su valor, sale por la ventana, salta al patio y se cuela en los oscuros pasillos.

Y allí… descubre a un hombre en pijama colocando un cubo en equilibrio sobre la puerta.

—¡Una buena ducha para la maestra!

—se ríe el malvado bromista.

—¡Señor Gruñón! —exclama Tomás, estupefacto.

¡Cataplán!

El director se cae de la silla y rompe a llorar.

—Yo era un alumno demasiado serio y un pelota —solloza—. Y luego me convertí en un director muy severo. Por eso he querido hacer todas las bromas que no había hecho en sesenta años en este último año que paso aquí.

Tomás, conmovido, promete no decir nada.

Al día siguiente, hubo patatas fritas y caramelos en el comedor, recreos de una hora, y todo volvió a ser normal… Bueno, casi: el señor Gruñón se ha vuelto el más amable y simpático de los directores.

¡Todo el mundo va a lamentar su partida!

La venganza de Pirulí

Pirulí era un duende tan pequeñito, tan mini, que le habían puesto el nombre de Pirulí-riquiquí, lo que hacía reír a todos los duendes del pueblo…

¡menos a él! Cada vez que quería ayudar en el taller de Papá Noel, le decían:

—¡Eres demasiado pequeño! ¡Podríamos confundirte con un juguete y meterte en una caja!

Una vez, el día antes de Navidad, llegó un duende todo alarmado:

—¡A Papá Noel se le han roto las gafas!

Surgieron gritos de todas partes:

—¡Es horrible! No ve nada sin ellas…

—¡Va a mezclar todos los regalos!

Pompón, que era el jefe de los duendes, dijo:

—Papá Noel tendrá que llevarse a uno de nosotros para hacer su gira.

—¡Pero ya sabes que no quiere, que dice que es su trabajo!

—Pues esta vez, tendrá que aceptar.

Y Pompón, seguido por todos los duendes, se fue a ver a Papá Noel.

—¡Ho, ho, ho! —dijo este después de haber escuchado a Pompón—. Gracias, amigos míos, pero no necesito ayuda. Leo muy bien sin gafas.

Para demostrarlo, cogió el periódico y leyó:

—«Encienden cremosos finos en el cojitranco».

—Oh, no, Papá Noel —suspiró Pompón—, pone «Se venden hermosos pinos en el bosque blanco».

—¿De verdad? ¡Ho, ho, ho! ¡Es casi lo mismo! Me las arreglaré solo.

Y los mandó a sus casas muerto de risa.

Los duendes estaban desesperados. Pero se oyó una vocecita que decía:

—Creo que tengo una solución.

Todas las cabezas se volvieron hacia Pirulí. Este último, con las mejillas enrojecidas, explicó:

—Podría esconderme en el trineo de Papá Noel entre los regalos. Como soy tan pequeño, no me verá y le iré pasando los paquetes que tenga que entregar.

Enseguida los duendes se pusieron a aplaudir. Y en un abrir y cerrar de ojos, instalaron a Pirulí en el trineo.

Cuando Papá Noel se marchó a su viaje, no se dio cuenta de nada. Durante toda la noche, Pirulí hizo lo que había dicho. Y Papá Noel, encantado, encontraba siempre a mano lo que le hacía falta.

Cuando finalmente volvió a su pueblo, dijo muy orgulloso:

—Pues ya está. No hacía falta que os preocuparais tanto. Todo ha ido muy bien.

Pero en cuanto se marchó, los duendes gritaron:

—¡Viva Pirulí!

—¡Gracias a él, cada niño será feliz!

Ni que decir tiene que para Pirulí fue la más bella de las Navidades, pues desde ese día ya nadie lo llamó Pirulí-riquiquí.

Una cartera demasiado glotona

Unos días antes de la vuelta al colegio, Pablo aún no tiene cartera. Es imposible encontrar una, pues han desaparecido de todas las tiendas. Finalmente encuentra una en el fondo del desván: es una cartera muy curiosa, toda gastada, pero mejor eso que nada.

El día de la vuelta, Pablo se asegura de que no ha olvidado nada antes de marcharse al colegio:

—Dos cuadernos rojos, dos azules y uno verde —cuenta—. Pero ¿dónde está el cuaderno amarillo?

Pablo busca por todas partes. No hay quien encuentre el cuaderno amarillo.

—No pasa nada —le dice su mamá—. Toma otro.

En clase, la maestra revisa los materiales de cada alumno.

—Dos cuadernos rojos, uno verde, uno amarillo y uno azul —cuenta sobre la mesa de Pablo—. Te falta el segundo cuaderno azul.

—¡Pero si esta mañana lo tenía! —protesta el niño.

Pablo vuelve a su casa muy enfadado. Saca sus cosas de la cartera y… ¡le falta un cuaderno rojo!

Tres cuadernos que desaparecen el mismo día. ¡Es el colmo! Pablo busca y rebusca en su cartera cuando, de pronto, algo le muerde el dedo.

—¡Ay!

—grita, retirando la mano.

—¡Qué melindres! —susurra la cartera.

Pablo no se cree lo que está oyendo: ¡Su cartera ha hablado!

—¿Hablas? —pregunta.

—¡Pues claro! —se ríe la cartera—. Y también como. La verdad es que tengo hambre. Dame un cuaderno o te como la punta de la nariz.

—¿Fuiste tú la de los cuadernos?

La cartera no responde, pero se ríe con maldad.

—Bueno, ese cuaderno, ¿viene o no? —se impacienta.

Pablo duda, encuentra un viejo cuaderno de gramática y lo mete en la cartera.

—¡Puaj! —dice la cartera—. ¡Sabe a moho! ¡Quiero otro!

Pablo le da rápidamente el cuaderno amarillo, pero esto no puede continuar así. A este ritmo, pronto se quedará sin cuadernos. Felizmente, la cartera parece ahíta. Mientras espera que recupere el apetito, a Pablo se le ocurre una idea. Corre a buscar un martillo y lo mete en el cuaderno verde. ¡Justo a tiempo!

—¡Tengo hambre! —ruge la cartera.

—¡Aquí está, aquí está! —dice Pablo, metiéndole el cuaderno verde.

La cartera se traga el cuaderno y...

—¡Aaay! ¡Me he froto lof dientef!

—¡Te está bien merecido! —dice Pablo—. Así aprenderás a no comerte mis cuadernos.

A partir de ese día, la cartera no volvió a comerse ni un cuaderno más. Se conformó con bolitas y aviones de papel que Pablo le daba. Y solo de vez en cuando, Pablo le daba permiso... ¡para comerse su boletín de malas notas!

Encuentro
en el Sahara

Cornelia estaba haciendo un gran viaje con sus padres por el desierto del Sahara. Sus padres iban a pie y Cornelia, que era demasiado pequeña para caminar, los acompañaba a lomos de un camello.

Durante todo el día, encaramada sobre Idriss, admiraba las olas infinitas de la arena y se inventaba historias de todas clases.

A veces hasta tenía la impresión de ver pueblos, oasis o personas surgiendo de las dunas. Su guía, un tuareg que se llamaba Fendeg, le había dicho que eran espejismos creados por el calor.

Esos espejismos intrigaban mucho a la niña.

—¿Pero existen de verdad o no? —se preguntaba cuando creía distinguir alguna cosa entre la arena y el cielo.

Un día, Cornelia vio aparecer una sombra furtiva que aparecía y desaparecía tras las dunas. Pidió que la bajaran del camello y miró al otro lado de la duna, pero no encontró nada.

Unos instantes más tarde, la pequeña caravana se detuvo para tomar té a la menta. Cornelia, que odiaba el té, se alejó un poco para fisgonear. Rodeó una duna cercana y de pronto… su espejismo apareció ante ella.

Era un hombre extraordinario, ¡un hombre de arena! La niñita parpadeó varias veces para asegurarse de que no era un sueño. El hombre de arena se arrodilló entonces y se puso a comer arena, o más bien a tragársela en cantidades extraordinarias, como si se estuviera llenando de arena.

— ¿Quién es usted? —preguntó Cornelia.

El hombre de arena se volvió hacia ella y dos arrugas aparecieron entonces en su rostro, parecidas a las que el viento dibuja sobre las dunas: sonreía.

— ¡Soy el vendedor de arena! —susurró con una voz ligera como el viento—. ¡Estoy acumulando provisiones!

¡Hasta pronto, Cornelia!

Entonces, ante los ojos maravillados de la niña, se elevó por los aires y pronto no quedó en el cielo más que una nubecilla. Una sola nubecilla color arena en el cielo muy azul…

Los tesoros
del bandido Caracola

Érase una vez un pobre pescador llamado Caracola. No estaba satisfecho de su suerte, pues quería ser rico. Cada día salía a la mar y soñaba con traer oro en vez de pescado. Una mañana le dijo a Pitpit, su fiel loro:

— Se acabó lo de pescar.

¡A partir de ahora, seremos piratas!

Voy a transformar mi barco e instalar un gran cañón,

te regalaré un sombrero y para mí ¡el mejor de los trajes de bandido!

Así equipados, Caracola y su loro se fueron a atacar a navíos cargados de mercancías valiosas. Y su barco se llenó de oro, de plata y de pedrería.

Un día, Caracola robó un tesoro magnífico. Estaba muy orgulloso de sí mismo. Pero ignoraba que aquellos cofres que rebosaban de riquezas escondían una estatuilla mágica.

Oh, era muy pequeña, pero tenía un poder terrible: combatía la injusticia y destruía lo que había sido robado. ¡Y todo lo que había en el barco de Caracola era robado! Poco a poco, la estatuilla mágica la emprendió contra las montañas de oro, de plata y de piedras preciosas y transformó la fortuna de Caracola en un montón de polvo.

Una noche, cuando abrió sus cofres para admirar todas sus riquezas, el pirata exclamó:

—¡Cielos, qué catástrofe! ¿Dónde se han metido mis tesoros?

No quedaba más que la estatuilla en medio de un montón de escombros. Furioso, Caracola chilló y pataleó como loco e insultó hasta a Pitpit, el loro. De pronto, se sintió muy desgraciado: acababa de comprender que se había convertido en un hombre muy malo. ¡Tenía tan mala reputación que hasta los peces huían de él!

Pitpit, que bajo sus plumas multicolores escondía una gran sabiduría, dijo a su amo:

—Esa estatua tan rara debe ser la que ha causado nuestra desgracia… ¡Hay que devolvérsela a su propietario!

—¡Vaya! —respondió Caracola—. Ya no sé de qué barco la robé.

Entonces, como no tenía nada mejor que hacer, el pobre pirata volvió a su trabajo de pescador, mientras observaba a los barcos con los que se cruzaba. ¡Entonces ocurrió un milagro! Caracola se puso a pescar miles y miles de peces, pues la estatuilla tenía otro poder: multiplicaba todo lo que había sido ganado honradamente. Desde entonces, Caracola y Pitpit el loro no volvieron a robar a nadie. Recogieron felices los tesoros del mar y nunca más les faltó de nada.

Héctor
el mapache

En América vivía un mapache que se llamaba Héctor. Los mapaches son famosos por lavarse en los ríos. Presumía de ser el más limpio de todos los mapaches. Un día se fue al encuentro de Hermione, una bonita mapache, para pedirla en matrimonio. Le dijo:

—Soy el rey de la limpieza; no encontrarás nunca un marido que sepa limpiar la madriguera mejor que yo. Los demás mapaches no lavan nada… digo, no valen nada.

Hermione amaba a Héctor, pero deseaba que no fuera tan presumido. Decidió ponerlo a prueba.

—Si eres el mejor, me gustaría verte lavar la melena de un león.

—¡Qué fácil! —gritó Héctor.

Se fueron a África, donde Héctor se inclinó ante el rey de los animales.

—Señor León, su Majestad necesita un buen lavado de cabeza. ¡Un rey como vos tiene que tener una melena resplandeciente!

El león era orgulloso y aceptó que Héctor hiciera brillar su melena. Cuando acabó, le dio las gracias. ¡Héctor se volvió aún más presumido!

—¿Vas a casarte conmigo?

—preguntó a Hermione.

—Depende. También me gustaría verte lavar los dientes a un cocodrilo.

Fueron entonces a la India. Héctor se acercó a un cocodrilo:

—Maestro, tiene usted los dientes sucísimos. Déjeme lavárselos o se le van a caer.

—¡Son bastante sólidos para un insolente como tú! —gruñó el cocodrilo, abriendo la bocaza.

Rápidamente Héctor le bloqueó las mandíbulas con un palo y le frotó los dientes, que se pusieron a brillar como diamantes.

—¡Ya puedes casarte conmigo!

—le dijo a Hermione.

—Todavía no. Acabemos nuestro viaje por Europa: me gustaría verte lavar a una mofeta.

Cuando encontraron una mofeta, Héctor le propuso un baño tapándose la nariz. Pero por mucho que la enjabonó durante todo el día, a la mofeta no se le fue el olor. Héctor dejó a un lado el jabón y dijo tristemente a Hermione:

—Soy un mapache que no sabe lavarlo todo. ¡Ya no querrás saber nada de mí!

Hermione sonrió: ¡su novio al fin había conseguido ser modesto!

Y se casó con él inmediatamente.

Camilla, la princesa del castillo que brilla

Camilla es hija del rey y de la reina, princesa del castillo que brilla. El día de su nacimiento, escribieron con letras de oro sobre su cuna:

« Camilla »

C de crema helada, A de reina de Saba,

M de «te aMo», I de ilusión,

dos L de luces en el cielo y A de astro rey.

¡Camilla, eres el tesoro del castillo que brilla !

Camilla crece en el castillo que brilla… Toda la corte se maravilla ante sus cabellos que huelen a manzanilla y sus cientos de vestiditos de chiquilla.

Camilla se convierte en una guapa chiquilla, la niña buena del castillo que brilla.

¡Pero pronto se aburre!

—Está muy bien lo de ser princesa, pero cuando no se hace nada especial, una se aburre muchísimo. Hay que sonreír, lavarse las manos, los pies, llevar zapatos de charol, dormir en la oscuridad sin llorar y bailar en el baile. ¡No, no tiene gracia ser la simpática chiquilla del castillo que brilla!

Camilla sueña con correr aventuras. Le gustaría marcharse muy, muy lejos del castillo, pero nunca ha puesto un pie fuera del gran portalón dorado.

—Es imposible —suspira.

¡Si una se llama Camilla, no puede salir del castillo que brilla!

—Y si me cambiara de nombre…

—se dice un día—. ¡Todos los personajes que me encuentro en los libros parecen divertirse mucho!

—Querría ser un pirata, un pirata terrible, como el del gran libro de cuentos —exclama un día la niña—. ¡Me he decidido! A partir de ahora, llamadme todos Croc la Canalla, y ¡pobre del que se cruce en mi camino!

¡Siembro el terror por donde voy!

Camilla se pone un parche negro sobre el ojo, una pata de madera falsa y enarbola un palo. Pero no da miedo a nadie y algunos hasta se ríen a sus espaldas…

Entonces, al día siguiente, decide convertirse en Lilí la Pastora.
—Es muy aburrido llamarse Camilla, tener el pelo que huele a manzanilla y vivir en el castillo que brilla.

¡Quiero llamarme Lilí y convertirme en pastora!

Para complacer a Camilla, el rey y la reina hacen traer al castillo decenas de corderos de trapo y un perro de peluche. En la gran pradera, Camilla lleva a pastar a sus animales. Pero pronto Lilí la Pastora se aburre. ¡Los corderos no se mueven ni un milímetro y el perro ni siquiera sabe ladrar!

Camilla se aburre tanto que se queda pálida y triste. El rey y la reina se preocupan. Hacen venir a príncipes de muy, muy lejos, que hacen cola en la gran galería para distraer a la princesa, con la esperanza de poder casarse con ella un día…

—Camilla, qué bien bailas la cuadrilla —dice el príncipe Vagoneto.

—Camilla, hueles a campanilla —dice el príncipe Regañón.

—Camilla, tu voz es dulce como la mantequilla —dice el príncipe Tirillas—. ¿Querrás casarte conmigo algún día?

¡Pero Camilla no quiere saber nada de príncipes como esos!

Para curarla, el rey llama entonces al palacio a los más grandes médicos del reino y a hadas con sus fórmulas y sus varitas mágicas…

—¡Abracadabra, Camilla, bella chiquilla, recupera la sonrisilla!

—dice el hada Pimprenilla.

—¡Abracadabra, Camilla, bella chiquilla, sé feliz como una ardilla!

Pero no sirve de nada:

Camilla está cada vez peor

69

Pero una hermosa tarde llega al castillo un curioso viajero, con una guitarra en bandolera y el sombrero de través.

El rey y la reina lo invitan a su mesa. Camilla tiene la cara hundida en el plato. Pero pronto, al escuchar al simpático viajero, se dice: «Este no es como los demás».

Se decide a hablar con él:

—No quiero llamarme Camilla. ¡Si supieras cómo me aburro en el castillo que brilla…! ¡Me aburro, me aburro muchísimo!

El viajero le responde:

—¡Camilla! Si te aburres, parte de viaje para encontrar los secretos de la felicidad. Tienes el nombre más bonito que pueda tener una niña.

»¡No tengas miedo! Parte del castillo que brilla para descubrir los tesoros que esconden las letras de tu nombre.

El viajero saca entonces un pergamino del bolsillo.

Y con su pluma, escribe lentamente:

$$Camilla$$

Después, chasquea los dedos y hace aparecer un magnífico caballo.

—¡Vamos, Camilla! ¡Monta este caballo y galopa hasta el país del Carnaval!

Allí descubrirás el secreto de la primera letra de Camilla:

¡ el secreto de la C !

Segundo capítulo

¡A la aventura!

Camilla ya está lejos del castillo que brilla. Lo que ve es todo una novedad… ¡se le acelera el corazón! En medio de la multitud que se apretuja en el país del Carnaval, siente miedo. Se siente como una niña muy chiquitilla del castillo que brilla. Entonces se le acerca una Colombina y le entrega un regalo. Camilla tira del cordel: es un pañuelo. Bordadas con hilo de oro hay unas palabras:

« *C : haz crecer tu corazón* ».

Camilla abre mucho los ojos:

—Pero… ¿cómo puedo hacer crecer mi corazón?

—Es el secreto de la *C*, chiquilla. Vete al jardín de las rosas y lo comprenderás.

Camilla olvida su caballo, se mete el pañuelo bordado con letras de oro cerca de su corazón **y corre al jardín de rosas.**

En el jardín, sin aliento, Camilla camina entre altas hierbas.

Muy cerca canta una fuente y una ligera brisa le acaricia el cabello.

Entonces oye una dulce voz: —¡Camilla!

Por mucho que busca, Camilla no ve más que una abeja, una mariquita y un arrendajo azul encaramado en el cerezo…

¿Quién la está llamando?

¿Una flor?

¿Una flor que habla?

Camilla se frota los ojos.

—No, Camilla, no estás soñando —le dice la flor—.

Escúchame: la segunda letra de tu nombre es la $\mathcal{A}$.

Es la más importante de todas: la letra del Amor. Ahora, córtame y colócame en tu ojal. Te recordaré sin cesar que, para que el corazón crezca, hay que amar.

Con la flor en el ojal, Camilla se pone en camino.

Está contenta porque una flor es su nueva amiga.

Nunca más se aburrirá. ¡Uno no se aburre cuando tiene un amigo!

Pero algo le preocupa.

Pregunta a su flor:

—¿Cómo tengo que amar?

—¡Paciencia, Camilla! ¡Es el secreto de la M!

Camina hasta el mar y lo verás.

Camilla camina durante mucho tiempo.

Tan lejos del castillo que brilla, siente que se está convirtiendo
en una chica mayor.

Finalmente, una hermosa mañana, casi al amanecer,

llega ante el mar.

—Mira bien el mar

—le dice la flor—.

Si no sabes cómo amar, mira el horizonte. Lejos, lejos, cada vez más lejos. Así es como debes amar.

¡Siempre más lejos, hacia el infinito!

Coge una concha y guárdala en el bolsillo. Cuando te preguntes cómo amar, meterás la mano en el bolsillo y la concha te recordará la inmensidad del mar. A veces, por la noche, pegarás la concha a la oreja y te dejarás acunar por la música de las olas y el canto de las gaviotas.

Camilla aprieta su concha en la mano y contempla el mar.

—¿Y si un día ya no consigo amar? ¿Y si estoy triste?

—Subirás a una barca, hasta tu isla —le susurra la flor.

—I de Isla, de Camilla. La isla es tu cuarto tesoro.

Cuando estés cansada, irás a descansar a tu isla.

Al llegar a la isla hay silencio. Camilla permanece mucho tiempo escuchan
do el canto del silencio. Qué agradable es descansar. «En recuerdo de m
isla —se dice Camilla—, me llevaré una hoja de palmera que me colocar
en el pelo.

Así recordaré toda mi vida

lo bueno que es
descansar en una isla…»

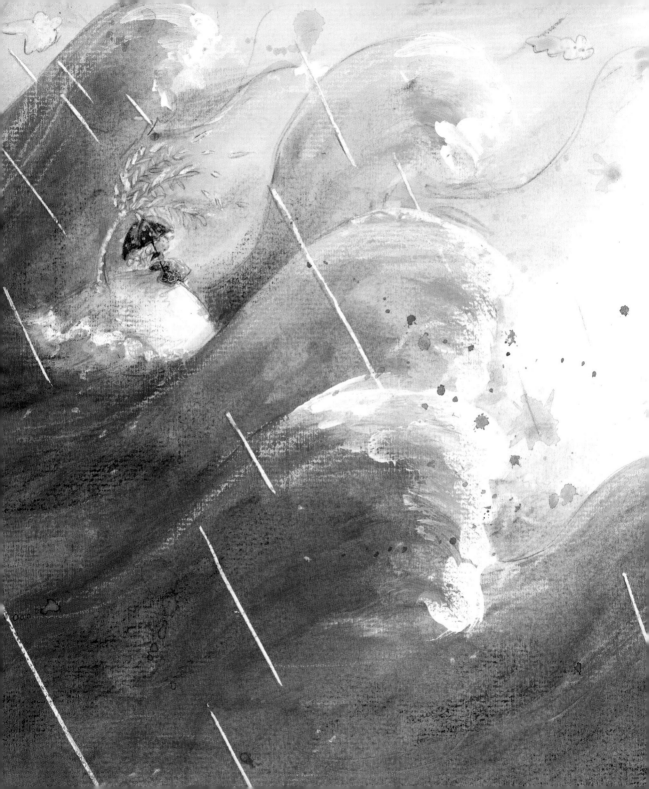

El regreso de Camilla

A la mañana siguiente, cuando Camilla despierta, hay una tormenta. Olas enormes. **El cielo negro.** No hay pájaros en el cielo. «¡No es momento de abandonar mi isla!», se dice Camilla. ¡Y sin embargo, le gustaría tanto volver ahora al castillo que brilla!

¡Camilla se impacienta!

Finalmente, al día siguiente el mar vuelve a estar tranquilo. Con el pañuelo sobre el corazón, la flor en el ojal, la concha en el bolsillo y la hoja de palmera en el pelo, Camilla sube a la barca y se aleja poco a poco de la isla. La bonita hoja de palmera flota suavemente al viento, ligera como una bandera…

Pero pronto el viento cesa.

Ni un soplo en la vela.

La barca oscila, inmóvil sobre las olas.

Camilla se lamenta…

—¡Tengo tanta gente a quien amar, tantas cosas que hacer, y heme aquí atrapada en medio del mar! ¡Qué mala suerte!

—Tengo una idea —exclama la flor—. Saca de tu bolso una hoja de papel y un bolígrafo y escribe un libro, el *Libro de las aventuras de Camilla*.

—¿Por qué un libro?

—¡Porque la gente podrá leer tus aventuras y descubrir también los secretos de la felicidad! Con ese libro podrás hacer feliz a la gente.

L de libro,
L de Cami *L* la …

¡Ese libro
es tu quinto tesoro!

Camilla escribe y no se da cuenta de que pasa el tiempo.

Al cabo de unos días, llega a tierra. Sobre la playa, una gaviota se posa a su lado. Lleva en el pico una carta. Camilla la coge, abre el sobre y lee:

« Camilla,

todo el mundo te espera en el palacio que brilla ».

Camilla aprieta la carta contra su corazón.

L de letras que contiene la carta,

L de *Cami l L a* !

—Estas letras son para mí un verdadero tesoro. Gracias a ellas,

lo maravilloso que es
ser amado y esperado.

no olvidaré jamás

Con el pañuelo contra el corazón, la flor en el ojal, la concha en el bolsillo, la hoja de palmera en el pelo, el libro en su mochila y la carta apretada en la mano, corre hacia el castillo que brilla.

Tiene el corazón alegre

como el de un pájaro de los campos en un día de primavera.

Corre, corre por el camino. Qué feliz es Camilla, al pensar que va a ver el castillo que brilla y a toda la gente que la quiere.

Es casi medianoche. El portalón dorado está abierto, como en las noches de fiesta. En el camino del castillo ulula el búho, croan las ranas y brillan las luciérnagas.

En el cielo, justo encima del palacio que brilla, mil estrellas bailan juntas y escriben su nombre:

En las ventanas del castillo están todos, muy felices de ver a su Camilla, que ha crecido tanto y que ha encontrado los secretos de la felicidad: su padre, el rey, su madre, la reina, y toda la corte. Todos juntos gritan:

—¡Viva Camilla! ¡Viva Camilla!

Camilla se arroja en los brazos de su padre, que le murmura al oído:

—Esta noche hemos reunido para ti todos los astros.

A de Astro, A de Camilla. Ese cielo estrellado es nuestro regalo.

Camilla nunca ha sido tan feliz. ¡Está orgullosa de llamarse Camilla!

Sobre su cama, escrito en letras de oro, escriben:

Camilla,
C de Corazón, A de Amor,
M de Mar, I de Isla, L de Libro,
L de Letra, A de Astro.

Y desde ese día,

Camilla,

princesa del castillo que brilla,

vive feliz.

Un día, en primavera,

se casará con el príncipe

del país de las flores.

Ella lo amará con toda su alma

y con todo su corazón.

Él la amará con todo su corazón

y con toda su alma.

Tendrán mucha felicidad ..

¡ y niños, naturalmente !

El piano
encantado

El comandante del navío *El imperioso* tiene prisa por abandonar el puerto, pues su viaje se presenta largo: tiene que atravesar el océano y su barco va muy cargado.

—Démonos prisa —dice con aire gruñón a los últimos pasajeros que embarcan—. ¡Levamos ya el ancla! Espero que su equipaje no sea voluminoso.

De pronto, ve a un hombre y a sus dos hijos que están subiendo un piano de cola por la pasarela.

Casi se traga la pipa:

—Eh, ¿están locos?
¡Dejen ese chisme en el muelle!

—Nos mudamos al otro lado del océano. Rafael y Gabriel están aprendiendo piano y violín y necesitan sus instrumentos.

Durante la travesía, el comandante siente que la cólera hace que le pique la barba. Los niños tocan sin parar sus instrumentos. ¡Ay, huy, tantas notas falsas le ponen la carne de gallina!

¡Bum! Su puño se abate de pronto sobre el piano.

—¡Silencio, grumetes, piedad para mis oídos! ¡Id a lo alto del palo mayor a ver qué se ve!

Los niños obedecen enseguida, muy contentos.

Su padre le dice al comandante:

—Todavía tienen que mejorar un poco, pero ya verá: ¡se convertirán en grandes artistas!

En ese instante, llega la voz de Gabriel desde el palo mayor:

—¡Nos persiguen unos piratas!

Por desgracia, *El imperioso* no es un barco de guerra. Y pronto los piratas lo alcanzan y pasan al abordaje. En un abrir y cerrar de ojos, los pasajeros se encuentran atados sobre cubierta mientras los piratas se dispersan para buscar el botín…

De pronto, uno de ellos suelta un grito aterrorizado:

—¡Un pia…
un pia…
un piano encantado!

Los piratas acuden corriendo. Escondidos dentro del piano, los niños están dando un concierto muy curioso: Rafael hace chirriar su violín y Gabriel da unos gritos espantosos.

—¡Sálvese quien pueda, un piano embrujado! —gritan los piratas. Lanzándose al mar, vuelven a su barco y huyen a toda vela, mientras los niños desatan a los pasajeros. El comandante ríe con ellos de la broma que han gastado:

—Gracias, pequeños artistas. Resulta que yo estaba equivocado.

¡Viva la música a bordo!

El pequeño vendedor de mangos

—¡Acercaos! ¡Mirad qué hermosos son mis mangos, y qué jugosos!

Esa mañana hay muchísima gente en el mercado de Libreville, en Gabón. Como Pedio no es muy alto, se ha subido a una piedra para que lo oigan mejor:

—¡Comed mis mangos, los mejores del país, y vuestro día será maravilloso!

¡Comprad, comprad!

Unas mamás africanas, con sus «bubus» multicolores, ríen a carcajadas:

—Ah, qué pillo eres, pequeño. ¡Muy bien, véndenos tus hermosas frutas! —exclaman.

Unos niños que van a la escuela también compran mangos para la merienda.

Al verlos alejarse, Pedio sueña: «Debe ser fantástico aprender a leer y a escribir. Me gustaría tanto ir a clase a mí también…».

Pero su familia es demasiado pobre para mandarlo a la escuela, así que tiene que vender mangos.

Pedio está haciendo sonar sus monedas cuando una niñita le tira de la camiseta:

—¡Tus mangos son muy buenos! Deberías participar en el concurso: mañana, el que lleve el mango más grande recibirá un premio.

A Pedio le gustan los desafíos. Y una chispita acaba de atravesar su mirada: ¡eso quiere decir que tiene una idea!

Al día siguiente por la mañana, se sube al árbol de mangos más hermoso de su padre. En lo alto, coge un fruto casi tan grande como una piña. Después corre al mercado y llega sin aliento. Un poco más y llega tarde al concurso… Saca el mango, muy orgulloso.

De todas partes surgen «¡Ohs!» y «¡Ahs!» de admiración.

¡Es increíble lo grande y dorado que es ese mango!

El organizador el concurso está muy impresionado.

—Hijo mío, ¿de dónde procede este fruto

—¡De un árbol plantado por mi padre! —responde Pedio, sacando pecho.

El hombre pesa el mango:

—Tres kilos
   y cien gramos…

Bravo, pequeño, eres el vencedor del concurso.

¡Has ganado esta magnífica bicicleta! —exclama ante los aplausos de la concurrencia.

Pedio está estupefacto. ¿Una bicicleta nueva para él solo? ¡Es maravilloso!

Unos días más tarde, el organizador del concurso visita a su padre. La conversación dura tanto tiempo que Pedio no puede más de impaciencia. ¿Qué estarán contándose?

Finalmente, su padre lo llama:

—Pedio, gracias a nuestro mango, me ofrecen trabajo en una plantación de árboles de mango. Ahora voy a ganar lo suficiente para alimentar a toda la familia.

Y tú podrás ir a la escuela…
            ¡en tu bicicleta!

Un capitán para
El tiburón negro

Tom era grumete en el barco pirata *El tiburón negro*. El capitán, Jack Pata de Palo, era un hombre cruel que hacía temblar a todo el mundo.

Aquella tarde, Tom estaba de guardia en lo alto del palo mayor. A fuerza de escrutar el horizonte en busca de un navío que desvalijar, se durmió.

Lo despertaron unos gritos de cólera. Vio entonces un barco mercante que se alejaba a toda velocidad…

—¿Quién es el canalla que no ha dado la alerta? —chillaba Jack—. ¡Baja inmediatamente!

Cuando el grumete estuvo delante de él, Jack rugió:

—¡Arrojad a los tiburones a este pirata de pacotilla!

Aunque estaba temblando, Tom quiso ganar tiempo y gritó:

—¡Es culpa suya que me haya dormido, porque me hace trabajar día y noche!

¡Lo desafío en duelo!

Jack se echó a reír:

—Muy bien, ya que lo quieres así, mañana, a la aurora, ¡te cortaré en rodajas!

Tom sabía que el capitán era temible con el sable. Si no se le ocurría una idea, se vería rápidamente reducido al estado de salchichón. De pronto, mientras contemplaba su cubo y su cepillo, supo lo que tenía que hacer…

Durante toda la noche estuvo afanándose en secreto. Y cuando salió el sol, estaba listo.

Comenzó el duelo… Al principio, Jack se tomó su tiempo: se estaba divirtiendo. Tom se defendía como podía, retrocediendo. El capitán no veía que el grumete lo estaba atrayendo hacia la cubierta trasera. Cuando llegaron, Jack se cansó:

—¡Ahora vas a morir! —gritó.

Alzó el sable y dio un paso hacia delante, pero su pata de madera resbaló. Intentó recuperar el equilibrio: fue en vano. Tom había sacado brillo a la cubierta durante horas y solo sus pies descalzos le permitían mantenerse de pie. El pirata zigzagueó una, dos veces, y acabó por caer por la borda.

—¡Viva Tom!
—gritó enseguida la tripulación, encantada.

Y así fue como Tom se convirtió en el nuevo capitán de *El tiburón negro*. En cuanto a Jack Pata de Palo, lo sacaron del agua con una condición: ¡que sustituyera al grumete!

El **unicornio** de la noche

El bosque de Broceliandia, en Bretaña, es un bosque que desde siempre han habitado las hadas. Si se quieren tener encuentros mágicos, allí es a donde hay que acudir. Eso se decía un niño llamado Simón que, una noche, decidió irse a pasear por allí. ¡Digo bien: una noche! En efecto, había ido a menudo durante el día, pues habitaba justo en la linde del bosque. Pero por la noche, jamás.

La verdad es que Simón acababa de leer un libro sobre el mago Merlín y soñaba con encontrar él también una hermosa hada sentada ante una fuente, peinándose la cabellera.

Ella alzaría la cabeza, le sonreiría y se enamorarían inmediatamente uno del otro.

101

Eso le había ocurrido al mago Merlín en pleno día, pero como niño listo que era, Simón sabía que las cosas ya no pasaban así: ¡no había ninguna posibilidad de encontrarse de día con un hada!

Armado con su linterna, salió por la ventana y, unos minutos más tarde, estaba entrando en el bosque. Llegó enseguida a la fuente de Barenton, donde al mago Merlín y al hada Viviana les gustaba encontrarse. Simón se sentó sobre la piedra y esperó. No tuvo que esperar mucho…

pues las hadas y los seres imaginarios existen para aquellos que creen en ellos.

En efecto, muy pronto, destacándose contra la claridad de la luna, apareció un unicornio.

Un magnífico y mágico unicornio blanco.

Simón sabía muy bien que los unicornios no existen de verdad. ¡No podía ser más que un hada!

El unicornio le hizo una señal para que lo siguiera. Simón, con el corazón latiéndole a toda velocidad, se puso en pie de un salto y lo siguió.

Maravillado ante la aparición de la que no apartaba la mirada, no se fijó en el camino que tomaban. De vez en cuando, el unicornio se detenía y lanzaba al niño una mirada cautivadora para asegurarse de que lo seguía.

De modo que, cuando Simón se encontró de pronto frente a su casa, se quedó muy sorprendido.

—¡Es hora de ir a la cama, principito! —le dijo entonces el unicornio con voz melodiosa.

Lo acompañó hasta su ventana, se aseguró de que llegaba hasta la cama, sopló sobre él una multitud de partículas de estrellas... y Simón se durmió.

El unicornio se marchó, más tranquilo:

no le gustaba que los niños se paseasen solos por el bosque...

Flor de Nabiza

La pequeña hada Flor de Nabiza no se sabía más que un truco de magia: transformar en flores a la gente.

—¡ Es un truco de bebés !

—se burlaban las demás hadas.

Un día, Flor de Nabiza se hartó y consultó el Gran Libro secreto: «Para convertirse en la mejor hada —leyó—, mézclese una lágrima de pito real, dos semillas de calabaza y tres cabellos de hadas-niño».

—¿Hadas-niño? —dijo Flor de Nabiza—.

¡Nunca he oído hablar de ellos! ¡Pero los encontraré, por mis azaleas!

Durante todo el día, Flor de Nabiza estuvo buscando. Encontró pajarillos, mosquitillas, babosas, trolls burlones, pero de las hadas-niño, ¡ni rastro! Iba a darse media vuelta cuando vio a alguien que estaba tumbado en lo alto de una roca. Tenía grandes alas doradas y un barrigón verde y redondo.

—¡Eh, tú, el de ahí! —le llamó—. ¿Eres un hada-niño? ¡Ten la amabilidad de darme tres cabellos de tu cabeza!

Pero, por desgracia, no era un hada-niño. Era Granvillano, ¡el temible dragón!

—¿Un hada-niño? —repitió Granvillano relamiéndose—.

¡Mmm, qué bueno!

Por desgracia, me he comido los dos últimos para desayunar. Pero me gusta todo, ¡también me gustan las hadas-niña!

Y abrió mucho la boca. Flor de Nabiza salió corriendo, digo volando, pero Granvillano era demasiado rápido para ella.

—¡Se acabaron las bromas, querida! —se burló el dragón, atrapándola entre sus garras—. ¡No puedes escapar!

—¡Piedad! —gimió Flor de Nabiza—.

No soy más que una pobre hadita que convierte a la gente en florecillas de los prados.

Granvillano se echó a reír.

—¡Pero eso es un truco de bebés!
—se burló.

Flor de Nabiza se enfureció. No era un bebé e iba a demostrarlo.

Se volvió hacia Granvillano, lo señaló con su varita mágica y gritó:

—¡Por los bigotes del gran mosquito!

Inmediatamente el dragón se encogió, sus alas se redondearon…

y pronto no quedó más de él que un capullito de ranúnculo.

Flor de Nabiza, encantada, se colocó la flor entre las trenzas y volvió a toda velocidad a su casa.

Desde ese día, si un hada se burla de su truco de bebés, Flor de Nabiza hace girar su ranúnculo entre los dedos y responde:

—Acuérdate del dragón…

Si me fastidias, ¡te convierto en margarita!
Al fin y al cabo, aún soy pequeña.
¡Tengo mucho tiempo para aprender trucos de mayores!

Una **fiesta** monstruosa

Edgar era un esqueleto muy famoso entre los monstruos por su innegable elegancia y su horrible manera de cocinar. Le pidieron pues que organizara, aquel viernes 13, el Gran Banquete de la Noche. Vampiros, ogros, brujas, fantasmas y trolls celebrarían juntos el principio de un nuevo año de pesadilla.

Edgar se había pasado la semana organizando la cena. Había colocado largas mesas de hueso en el inmenso comedor del castillo del conde Drácula. Había colgado telas de araña en las ventanas. Había tapizado el parquet con miles de insectos.

Se había pasado días enteros cocinando para preparar ojos de sapo en gelatina, filetes de víbora acompañados de puré de setas venenosas y bocaditos de estiércol de rata de postre...

Todo estaba listo, los cubiertos colocados... y sin embargo, algo lo tenía inquieto. Edgar tenía la sensación de que se había olvidado de algo importante. Pero no sabía qué. Volvió a mirar la lista y lo comprobó todo. Marcó cada línea, pero no encontraba lo que faltaba.

Agotado, el esqueleto quiso sentarse para pensar tranquilamente, y entonces fue cuando se dio cuenta: se había olvidado de… ¡las sillas!

Dentro de una hora iban a llegar todos los monstruos. Era imposible encontrar cientos de sillas en tan poco tiempo. Edgar se puso a caminar de un lado a otro para buscar una solución. Pero las mesas le impedían seguir con sus idas y venidas y llegar a una solución.

—¡Estas mesas son infernales!

—gimió Edgar, pero de pronto una idea genial se le vino a la cabeza.

Empujó las mesas contra las paredes. Quitó los platos. Dividió los manjares en pequeñas porciones y las repartió sobre escamas de dragón.

Cuando llegaron los monstruos, Edgar les explicó que podían comer y beber de pie. Así podrían circular y charlar con quien quisieran.

La velada fue un gran éxito.

Edgar acababa de inventar
los bufés…

Pata de Palo,
el gato pirata

Érase una vez un gatito que vivía en un barco pirata. Un día, durante un ataque, un golpe de sable le había averiado una pata. Desde entonces, iba cojeando por ahí y lo llamaban «Pata de palo».

Como a todos los gatos, a Pata de Palo le encantaba dormir la siesta. ¡Pero en un barco pirata es imposible pegar ojo! Tanto de día como de noche, se grita, se discute y la gente se reconcilia. Ni siquiera en la bodega del barco tenía tranquilidad. En cuanto se dormía, unas ratas muy gordas y mal educadas venían a hacerle cosquillas en los bigotes…

Un día, Pata de Palo se hartó. Nadie entre la tripulación se preocupaba por él.

Jamás un mimo, ni una caricia.

Patadas de botas o golpes de sable, eso era lo único que recibía.

Así que decidió marcharse en la escala siguiente…

Unos días más tarde, el navío atracó de noche en un muelle desierto. Aprovechando la oscuridad, Pata de Palo dio un buen salto,

y se largó…

A bordo del barco, nadie advirtió su partida.

Sin embargo, los perros del vecindario se pusieron todos a ladrar y a enseñarle los colmillos. Aterrorizado, Pata de Palo corrió y corrió hasta quedarse sin aliento, cojeando entre los matorrales.

¿No habría acaso ni un lugar donde un pobre gatito cojo pudiera refugiarse en este vasto universo?

De madrugada, agotado, Pata de palo se dejó caer al borde de una carretera. Esta vez, todo había acabado.

Soltó un último maullido muy débil, como si lanzara una botella al mar…

En ese mismo instante, por la carretera pasaba un niño con la cartera a la espalda. Vivía en una granja vecina y se marchaba al colegio. De pronto se detuvo y escuchó…

Un curioso « miau » ronco acababa de salir de la cuneta.

Se acercó, apartó las hierbas y allí, acurrucado en el suelo, descubrió un gatito muy extraño: blanco, con una mancha negra en el ojo, una pata a la virulé y cicatrices por todas partes.

Rápidamente lo cogió en brazos, lo acarició y se lo llevó a su casa, dejándolo bien calentito delante de la chimenea.

—Mamá,
¿ me lo puedo quedar ?
¡ Por favor !
¡ Es tan gracioso… !

—Si quieres… Pero tienes que ponerle un nombre.
—Ya está: lo voy a llamar

« Pirata ».

Sobre su cojín, ante el fuego que lo calentaba, al lado de un gran cuenco de leche fresca, Pirata se hizo una bola, cerró los ojos y, por primera vez en su vida, se puso a ronronear de placer…

Un minuto más tarde…
¡ dormía feliz !

La bruja Cucaracha

Hace mucho, mucho tiempo, en México, vivía una bruja horrible llamada Cucaracha. Era tan delgada que daba miedo y tan seca como un viejo pergamino. Allá por donde pasaba se marchitaban las flores, morían los árboles y se instalaba el desierto.

¡Una auténtica calamidad!

Una mañana, el desierto llegó al pueblo de Esteban. Al despertarse, el niño vio que todas las plantas de su jardín estaban mustias. Así pues, cogió su hatillo y se dirigió al desierto, decidido a salir al paso de la bruja.

Pronto la vio apoyada contra un cactus. Esteban carraspeó:

—¡Buenos días! Me llamo…

Pero no pudo continuar, porque Cucaracha lo transformó en escorpión. Furioso, Esteban trepó sobre ella para picarla. La bruja estalló en carcajadas.

—¡Sigue intentándolo, microbio! Pero mi piel es tan dura como tu caparazón.

Entonces, Esteban tuvo una idea. Corrió hacia la boca de la bruja y se metió dentro. Cucaracha se quedó tan sorprendida que se lo tragó enterito.

Esteban bajó por un largo túnel y se encontró en una habitación tapizada de rojo. En el suelo había una cosita seca y encogida, en la que había pinchadas tres espinas de cactus. Se acercó. Con las mandíbulas cogió una de las espinas y la sacó.

Ante su gran sorpresa, la cosa se hinchó un poco y adquirió forma de corazón. Esteban retiró la segunda espina. El corazón se hinchó de nuevo y se puso a palpitar. Entonces, Esteban cogió la tercera espina. Se echó hacia atrás —pues la espina estaba clavada muy honda— y tiró, tiró con todas sus fuerzas, cerrando los ojos…

Cuando los volvió a abrir, era de nuevo un niño. A sus pies la hierba reverdecía. Los árboles y las flores crecían de nuevo por doquier. Y ante él, en vez de la bruja, estaba una joven de gran belleza:

—Gracias, Esteban.

Soy el hada del Bosque y tú me has liberado de un maleficio horrible. ¡Te protegeré toda tu vida!

Entonces el hada desapareció en los bosques y Esteban volvió a su pueblo, con una sonrisa en los labios…

Una noche
en el Gran Norte

Como todos los cachorros del Gran Norte, Kalia y Nanook tienen que aprender a tirar de un trineo. Pero ellos aún no piensan más que en jugar.

—Menudo plan, matándose a trabajar, atrapados entre diez perros —protesta uno.

—Quisiera ser libre, como esos perros salvajes que vemos por la noche cerca de los bosques.

—¡ Huyamos !
—exclama el otro.

Así pues, al alba, los cachorros se marchan del campamento dormido. Durante todo el día se persiguen, se deslizan sobre los lagos helados, ruedan por la nieve… ¡Qué felicidad!

Cuando llega la noche, cuando se están preguntando dónde dormir, aparece un perro grande, gris y delgado.

—¿Buscáis un sitio calentito, pequeños?

Venid a mi casa: hay muchos perritos de vuestra edad. ¡Os divertiréis mucho! —promete a los dos amigos, que trotan tras él.

—¿Has visto sus ojos amarillos?

—susurra Kaila por el camino—. Qué raro, ¿no?

—¿Y su voz? —añade Nanook—. Me da un poco de miedo…

Los cachorros vacilan: ¿qué deben hacer?

—¡Tengo sed! —se queja de pronto Nanook.

—No te preocupes, pequeño. Aquí hay una fuente.

Mientras lamen, los cachorros observan de reojo al perro que… bebe a grandes tragos.

—¡Un lobo!

—murmura Nanook, asustado—. Estaba seguro. Los perros lamen, los lobos tragan. Van a devorarnos.

¡Demasiado tarde! Nubes de puntos amarillos brillan ya en la oscuridad: los ojos de los lobos, que se ríen y se relamen…

Los cachorros huyen, tropiezan, se levantan, caen sobre la nieve.

Se acercan los gruñidos hambrientos.

—Adiós, Nanook.

—Adiós, Kaila.

—¡A comer!

—rugen los lobos, arrojándose sobre ellos.

Pero de pronto, una red escondida en la nieve se eleva hacia los árboles, atrapando a tres lobos. Los demás huyen asustados. Por la mañana temprano, aparece un trineo. El hombre que lo conduce viene a recoger las trampas. Pero cuando ve a los lobos colgados en una rama y, debajo, a los cachorros desaparecidos, se queda estupefacto:

—¡Pero bueno! ¡Y yo que creía que habíais huido! Oh, qué cazadores más valientes, habéis pasado la noche empujando a los lobos hacia las trampas. Os merecéis el lugar de honor a la cabeza del enganche.

El hombre los coloca delante y silba anunciando la partida. Kalia y Nanook arrancan, conduciendo orgullosos a los demás perros y tirando de los tres lobos furiosos, que van bien atados.

—¡Perro de trineo, qué hermoso oficio!

—exclaman los dos cachorros, felices y corriendo sobre la pista nevada.

Una princesa
chicazo

A Águeda le habría gustado ser un chico para subirse a los árboles, montar a caballo y rodar por la hierba. Pero Águeda es una princesa y no tira con arco ni salta en el barro. Hace punto de cruz, toca el arpa y lleva bonitos vestidos.

Un día, llega un mensajero al palacio del rey, su padre, muy afligido:

—Vuestro amigo el príncipe Gedeón es prisionero de Tarántula, la araña gigante —dice.

—¡Que envíen al ejército a liberarlo! —ordena el rey.

—Es imposible, Su Alteza.

El antro de Tarántula es tan estrecho que no puede entrar ningún soldado.

—¡Pues entonces irá Boris, mi serpiente domesticada! —dice el rey.

—Es inútil, Su Alteza. Tarántula ha atado al príncipe tan fuerte que harían falta dedos de hada para liberarlo. ¡Y vuestra serpiente no tiene dedos!

El rey está muy molesto, pero Águeda no ha perdido ripio de la conversación.

—¡Puedo ir yo! —dice—. Soy tan menuda que podría colarme en casa de Tarántula. Y tengo los dedos tan finos que no se me resistirá ningún nudo. ¡Liberaré al príncipe!

El rey reflexiona, se rasca la barba y finalmente acepta.

—¡ Gracias, papá !

—grita la princesa, y sale corriendo antes de que su padre cambie de opinión.

Cuando llega ante el antro de la araña, Águeda saca su costurero y empieza a tricotar. Un punto al derecho, un punto al revés… Pronto ha hecho una red bien apretada.

—¡ Tarántula !
—grita valiente.

La araña gigante, curiosa, saca la cabeza de su gruta. De inmediato Águeda arroja la red sobre ella y la hace prisionera. Luego, mientras Tarántula se debate en su prisión de hilo, la princesa se introduce en la cueva. ¡Allí está el príncipe Gedeón, atado como un salchichón! Águeda deshace los nudos uno a uno con infinita paciencia y, unos instantes más tarde, Gedeón y ella se encuentran fuera.

¡Así fue como una hermosa princesa, no tan chicazo, salvó ella sola a su príncipe encantador!

Un diente de oro para Gedeón

Los piratas del navío *La Rosa de los vientos* tenían un talismán al que llamaban Gedeón. Era una calavera blanca atada al palo mayor. Al menor peligro, daba la alerta… silbando. Gracias a ella, el capitán Borrasca y su tripulación evitaban las tempestades y las balas de cañón.

Cuando Gedeón cumplió cien años, Borrasca decidió regalarle **un diente de oro** para reemplazar al canino que le faltaba.

—¡Vamos a atacar al espantoso Un-solo-raigón y a robarle su diente de oro! —dijo—. ¡Zafarrancho de combate!

La batalla fue terrible, pero como Gedeón silbaba cada vez que se acercaba una bala de cañón, Borrasca y su tripulación salieron victoriosos… y consiguieron el diente de Un-solo-raigón.

—¡Me fengaré!

—gritó este mientras *La Rosa de los vientos* se alejaba.

Aquella noche, Borrasca hizo echar el ancla en una cala abrigada y ordenó a sus hombres que prepararan el barco para celebrar el cumpleaños de Gedeón.

Instalaron la calavera en el lugar de honor, y Siroco, el cocinero, trajo una tarta con cien velas, ni una más ni una menos.

—¡Venga, Gedeón, sopla! —bromeó el capitán.

Y Gedeón, como por arte de magia, sopló. Borrasca sacó una cajita con un lazo. La abrió y colocó el diente de oro en la boca del esqueleto, diciendo:

—¡Cien años y al fin con todos los dientes
¡Feliz cumpleaños!

Y todos los piratas se pusieron a cantar fatal:

—¡Cumpleaños feeeeliz, Gedeón!

De pronto, una bala de cañón aterrizó entre ellos, seguida rápidamente de Un-solo-raigón y de sus hombres, colgados de cuerdas y con los sables entre los dientes. ¡Qué desastre! ¡Y Gedeón que no había anunciado el peligro!

—¡Fenganza! —gritó Un-solo-raigón recuperando su diente.

Finalmente Gedeón se puso a soplar, y el capitán Borrasca y sus hombres reaccionaron. Pero demasiado tarde… y *La Rosa de los vientos* se hundió.

—¡Maldita mascota! —gruñó Siroco, el cocinero, agarrado a la balsa—. ¿Por qué has silbado tan tarde?

Pero el capitán Borrasca había estado pensando.

—Gedeón no silba —dijo—. Lo que oímos es el ruido del viento que silba entre sus dientes cuando llega la tempestad o una bala de cañón se acerca. ¡Y al ponerle el diente de oro, hemos eliminado el silbido! ¿No es verdad, Gedeón?

Pero Gedeón no contestó. Se limitó a sonreír con todos sus dientes… ¡o casi!

Arnaldo
y los lobos

El torneo de invierno de Castelbar había sido un auténtico éxito. El caballero de Aillac y Huberto, su hijo mayor, avanzaban orgullosos por el camino tras haber logrado un premio cada uno. Arnaldo, el pequeño, los seguía con aire soñador. Él no llevaba armadura ni espada, sino un laúd colgado a la espalda. Para desesperación de su familia, estaba decidido a convertirse en trovador.

Mientras atravesaban el bosque, el caballero dijo de pronto:

—Más rápido, muchachos,
me parece que llega una tormenta…

Tenía razón. La nieve empezó a revolotear de pronto y en un instante apenas era posible avanzar.

Cuando finalmente el mal tiempo se calmó, había caído la noche… ¡y los tres jinetes estaban aún en medio del bosque!

El padre se volvió hacia sus hijos y los miró con gravedad:

—Esperemos que…

Pero un aullido de lobo lo interrumpió. Hubo un segundo de silencio… y luego otro aullido y otro más le respondieron.

—Demasiado tarde —dijo el caballero—. Ya nos han olido.

Y antes de que los viajeros hubieran podido moverse, los rodearon una veintena de lobos, medio aullando, medio gruñendo. Asustados, los caballos se encabritaron tanto que se deshicieron de sus jinetes y partieron al galope.

—¡Estamos perdidos !

—gritó Huberto—.

Los lobos son demasiado numerosos y nosotros dos nunca podremos hacerlos retroceder.

Lanzando una mirada furiosa a su hermano pequeño, gritó:

—¡Si supieras pelear, al menos tendríamos una oportunidad…!

El padre no dijo nada, pero en sus ojos Arnaldo leyó también su cólera. Entristecido, el muchacho cogió su laúd y se puso a pellizcar las cuerdas, y luego a cantar dulcemente.

Los lobos, que ya estaban muy cerca, giraban a su alrededor, listos para atacar. Pero al oír la melodía y la voz pura del chico, se detuvieron.

Con las orejas tiesas, escuchaban…

Ante el asombro del padre y del hermano de Arnaldo, primero se tumbó uno, pronto imitado por sus congéneres. Y durante más de una hora, el trovador cantó para aquel extraño público.

Cuando finalmente inició una canción de cuna, los ojos amarillos de los lobos se fueron cerrando unos tras otros.

Los tres viajeros pudieron así huir y alcanzar su castillo. Cuando la gente supo lo que había pasado, recibieron al músico como a un héroe.

Desde entonces, Arnaldo se convirtió en un trovador famoso…

¡y en el orgullo de su familia!

Las desventuras
de la **bruja** Fenella

La malvada bruja Fenella estaba intentando atrapar a una niñita. Necesitaba una pestaña de niña para preparar una poción que le permitiría volar sin escoba. Creyó que había tenido suerte cuando se encontró con una niñita llamada Deva que iba sola todas las mañanas a la escuela.

La primera mañana, Fenella intentó atrapar a Deva. Pero en cuanto Deva la vio, salió huyendo. La bruja trató de pillarla, pero la niña corría deprisa y Fenella se quedó enseguida sin aliento.

La segunda mañana, Fenella se puso los patines de ruedas. Ahora se desplazaba tan rápido como Deva, pero en el momento en que la bruja iba a cogerla, Deva se lanzó por las escaleras.

Fenella perdió el equilibrio, se cayó y se rozó las muñecas al caer.

La tercera mañana, Fenella cogió el patinete. Cuando Deva se lanzó escaleras abajo, se metió el patinete bajo el brazo. Intentó atrapar a Deva al llegar abajo, pero la niña se metió por un camino de grava. Fenella se escurrió, se cayó y se arañó los dos brazos.

La cuarta mañana, Fenella se montó en su bicicleta todo terreno. Bajó las escaleras y pasó por el camino de grava con facilidad. Pero cuando trató de atrapar a Deva, esta saltó a un autobús. Para evitar el autobús, que arrancaba como loco, Fenella frenó bruscamente, se cayó y se rompió las narices sobre el pavimento.

La quinta mañana, Fenella cogió el coche. Rodeó las escaleras, rodó sobre la grava y adelantó al autobús con facilidad. Esperó a que Deva se bajase en su parada. Cuando la niña entró en una callejuela, Fenella se fue detrás. Pero al tratar de atrapar a Deva por la ventanilla, la bruja se olvidó de mirar hacia delante, y no vio la pared que cerraba la callejuela.

Menuda torta…

A Fenella le dio tanto miedo que se olvidó de Deva ¡y decidió no volver a desplazarse más que en escoba!

El gran concurso de claqué

Como cada año, en el bosque de los Limoneros, se celebra el gran concurso de claqué. Todos los animales se han dado cita para semejante ocasión.

En su camerino, la hormiga ensaya su número por enésima vez:

—¡Tacatacatoc! ¡Tictictic! ¡Taaaaaac!

¡Tictacatac! ¡Tiiiiiiic!

¡Toctoc!

A su lado, su mamá ajusta su magnífico traje:
un corsé rojo y dorado.

En el camerino de al lado, la ardilla está nerviosísima. No sabe ni lo que hace. Y eso que su número es excelente. Lo ha ensayado con el castor, el ganador del año pasado.

Sin embargo el erizo parece muy seguro de sí mismo.

—¡Con un traje como el mío, voy a ganar, sin duda!

—piensa, admirándose en un espejo.

La verdad es que el erizo no hace las cosas a medias. Con mucha paciencia, ha clavado bolas de cotillón de todos los colores en sus espinas. ¡Es encantador y muy original!

Un poco más allá. Unas mariquitas terminan de colgar guirnaldas por el escenario y el pito real se ocupa del parquet del estrado.

—¡Toc! ¡Toc! ¡Toc!

—golpea con su pico para asegurarse de la solidez de las tablas—.

¡Toc! ¡Toc! ¡Toc!

Cuando finalmente ya está todo listo, el concurso puede comenzar.

El jurado entra y se instala entre aplausos. Está la mantis religiosa, que es una antigua campeona de claqué, el lirón, que es profesor de baile, y la curruca, que es sastra.

Por turnos, los concursantes van ejecutando su número.

La hormiga es muy precisa:

—¡Tacatacatoc!

¡Tictictic! ¡Taaaaaac!

¡Tictacatac!

¡Tiiiiiiic!

¡Toctoc!

—¡Qué ritmo!
¡Es perfecto!
—asiente la mantis religiosa.

A pesar de sus nervios, la ardilla no lo hace nada mal.

—¡Los pasos son muy originales! —aplaude el lirón.

En cuanto al erizo, su traje causa sensación.

—¡Increíble! —se extasía la curruca.

La competición toca a su fin cuando avanza tímidamente el último concursante.

Saluda y empieza:

—¡Titititi TOC!

¡Taaactaaactictoc! ¡Tacatacataaaaccc!

¡Toooc! ¡TAC!

¡Tititititatatatictoctoctoc!

¡TAC!

Que recuerden los jurados, nadie ha visto nunca un concursante
tan asombroso. Es rápido, ágil y elegante. Sus zapatos claquean a una velocidad
increíble. Se podría pensar que tiene cien pies, de lo veloz que
va su número. De hecho, si lo miran
bien, es un poco así. Pero bueno,
sin dudarlo, el ganador del gran
concurso de claqué de este año será
este increíble…

¡ciempiés!

El museo encantado

—¿**Q**ué hacemos mañana? —pregunta Manon, acurrucada en su cama.

—¡Vamos a visitar el museo del Louvre! —responde mamá, apagando la luz.

Tumbada en la oscuridad, Manon pone mala cara.

¿ Visitar un museo ? ¡ Qué aburrimiento !

Bosteza solo de pensarlo.

—¡Manon, ya es hora! —resuena la voz de mamá.

¿Ya es por la mañana? Manon se prepara de mala gana.

En el museo, papá le explica los cuadros:

—Mira: esta es *La Gioconda*. Su sonrisa es tan misteriosa…

Pero Manon no mira. De mal humor, va a esconderse debajo de un banco. Pronto se le cierran los ojos y se duerme…

¡CLING! La despierta un gran ruido. Manon se levanta, no del todo tranquila. El museo está inmerso en la oscuridad y todo el mundo se ha marchado. Bueno, casi…

¡CLING, CLING, CLING! Hay gente cerca. Con el corazón acelerado, Manon avanza hasta la puerta, mete la cabeza… y se encuentra de narices con el emperador César cubierto con su armadura. **¡CLING!**

—¡No tengas miedo! —dice César—. Ven a divertirte con nosotros. ¡El baile va a empezar!

Manon abre mucho los ojos y ve entonces a marquesas con sus trajes, a caballeros de la Edad Media e incluso monstruos con la cabeza al revés como en los cuadros de Picasso. Son los personajes de los cuadros, que aprovechan la noche para estirar las piernas. De hecho, en las paredes, todos los marcos están vacíos. Todos… menos uno. Es *La Gioconda*, prisionera en su pequeño cuadro protegido por un cristal. En su bello rostro hay una curiosa sonrisa…

—¡Manon, ya es hora!

Manon se sobresalta en su cama. ¿No era pues más que un sueño? ¡Rápido, tiene muchas ganas de ir al museo! Allí, observa con detenimiento los cuadros para sorprender algún movimiento. Finalmente, llega delante de *La Gioconda*.

—Su sonrisa es tan misteriosa… —suspira papá—. Nadie sabe lo que quiere decir.

—¡Yo lo sé! —grita Manon—. Está un poco triste porque no puede ir a bailar.

En ese momento Manon está segura de haber visto que *La Gioconda* le guiña un ojo durante un instante…

Carnaval
en la sabana

En la sabana se acercaba el día del carnaval y todos estaban preparando sus disfraces.

—Amigos míos —dijo Isabela la gacela—, este año voy a ganar el primer premio por mi disfraz. ¡He tenido una idea fantástica!

Elena la hiena se ríe de ella:

—¡Me caes bien, querida, pero siento tener que contradecirte:

la vencedora seré yo !

—Vamos, señoritas, no se peleen —barrita Vicente el elefante—. Sin duda yo llevaré el disfraz más original, así que yo soy el que va a ganar el premio: ¡el famoso pastel de Gigí la jirafa!

Muy pronto el león, la cebra, el hipopótamo y todos los demás se incorporan a la discusión, afirmando cada uno que él será el ganador del delicioso pastel…

Al fin llega el día del carnaval. Cuando Isabela, bien preparada, llega al lugar de la fiesta, se queda muy sorprendida: ¡nadie está disfrazado! Al reconocer a Elena, le pregunta:

—Oye, hiena, ¿dónde está tu disfraz?

Pero un rugido de risa le responde:

—¡Ah, has caído, cebra! ¡Yo soy el león!

Isabela contesta:

—¿Yo, la cebra? ¡Ja, ja! ¡Si soy la gacela!

—¡Y yo soy Vicente! —barrita el hipopótamo.

¡Vaya lío! El león se ha disfrazado de hiena, la gacela de cebra, el elefante de hipopótamo… No paran de reírse hasta que llega Gigí, muy triste. Los felicita por sus disfraces antes de confesar:

—Se me ha quemado el pastel, y no he tenido ánimos para disfrazarme.

Sus amigos la rodean, desconsolados. Entonces Isabela se quita la crin de cebra y se la ofrece a Gigí. Vicente le da sus orejitas de hipopótamo, el león su cola de hiena y así sucesivamente, hasta que Gigí acaba disfrazada de la cabeza a las pezuñas. Cuando se mira en el río, estalla en carcajadas y todos los demás animales con ella.

Entonces Elena grita:

—¡No hay duda, Gigí! ¡Este año, eres tú la ganadora del primer premio!

El concurso *de* brujos

ajos, altos, barbudos, mofletudos, negros, amarillos, jorobados, jóvenes o varias veces centenarios, los brujos del mundo entero se reunieron para celebrar la 352.ª Reunión de la Brujería y de los Encantamientos.

Ninguno quería perderse la gran reunión y el concurso de Mejor Brujo del año. Ese año, el que hiciera saltar a un animal hasta las estrellas saldría de allí con un caldero de oro.

Unos tras otros, los brujos pasaban ante el jurado. Rivalizaban en fórmulas mágicas y en pociones extraordinarias para hacer saltar por los aires a delfines, sapos o conejos. A medida que avanzaba la jornada, uno de los concursantes parecía ir destacándose de los demás. Se trataba de un brujo australiano. Su canguro casi había tocado la luna tras beber una poción a base de patas de saltamontes y de ancas de rana.

El concurso tocaba a su fin cuando un brujo muy joven pasó ante el jurado. Abrió entonces la minúscula caja que sostenía en la mano y se la mostró al público:

—Aquí tengo una pulga invisible —explicó.

Luego cogió la pulga que nadie veía y se la colocó en la mano, recitando:

—¡Doing, doing, doing! ¡Chong, chong!

¡Pulguita, salta hasta las estrellas!

La fórmula mágica funcionó de inmediato. El jurado y todos los brujos vieron cómo el joven mago alzaba la nariz hacia el cielo para seguir con los ojos el salto de su pulga. Alzando a su vez la cabeza, todos trataron de ver la pulga invisible. ¡Pero, por supuesto, nadie vio nada! El brujo se quedó con la nariz levantada tanto tiempo antes de recuperar a la pulga y volver a meterla en su caja que todos imaginaron que el pequeño insecto habría subido hasta las estrellas.

El brujo fue elegido Mejor Brujo del año. Nadie supo jamás si había de verdad una pulga invisible en su caja. Nadie supo tampoco jamás si aquel joven brujo era el mejor de su tiempo.

¡Sin embargo, de lo que no cabía duda es de que era el más listo!

Una excursión movidita

Camila tira orgullosa de las correas de su mochila. Su tío Pedro y su primo mayor, Leo, la han invitado a hacer una excursión ese día.

Las vacaciones empiezan bien…

—¿Tu mochila no pesa demasiado, Camila?

—¡En absoluto! ¿Iremos lejos?

—Casi a lo alto de la montaña —explica Leo—. ¿Podrás llegar?

—¡Por supuesto! —contesta su prima, un poco picada.

Caminan a buen paso. El sendero asciende. Serpentea cada vez más y se vuelve pedregoso. Finalmente, se detienen en un prado que tiene hermosas vistas.

—Este es un sitio ideal para comer —dice Pedro—. ¡Vamos! ¡Reparto de sándwiches!

Camila y Leo comen con apetito. Tras descansar un poco, el grupito se pone en marcha de nuevo.

De pronto, al final de la tarde, un relámpago cruza el cielo y Camila siente que gruesas gotas le caen sobre los brazos.

— ¡Vaya, caramba, una tormenta ! —grita Pedro.

En un momento una lluvia torrencial se abate sobre los excursionistas.

— ¡ Hay que ponerse a cubierto ! —grita Leo.

— ¡ Mirad, una cabaña ! —dice Camila.

Corren hasta la casita y empuja la puerta.

Dentro, hay una habitación con una chimenea, una mesa, tres sillas y una escalera de mano que sube al piso de arriba.

—Uf, podremos secarnos —dice Pedro.

Camila está empapada.

—Tengo frío…

—Voy a hacer fuego —dice Pedro—. Hay todo lo necesario.

Coge ramas del montón de leña que hay junto a la chimenea y saca unas

cerillas. Pronto crepita una buena hoguera.

—¿Y si pasáramos la noche aquí? —dice Leo.

—Pero ¿dónde vamos a dormir? —pregunta Camila.

—Debe haber una especie de dormitorio arriba, vete a echar un vistazo.

Camila trepa por la escalera y descubre un desván con colchones por el suelo y

mantas.

—¡Qué bien, hay camas!

— ¡A la mesa !

Con los restos del picnic, Pedro ha preparado rebanadas de pan con queso que asa en la chimenea. Camila se chupa los dedos.

— ¡Y ahora, a la cama !

Pero en el dormitorio, a Camila le cuesta dormirse.

Pedro y Leo están cerca, pero ella no se siente tranquila.

Se oyen ruidos raros, crujidos…

Susurra: — ¡Leo !

— ¿Hmmm?

— ¡Creo que hay alguien fuera!

Leo masculla:

— No oigo nada… ¡Lo habrás soñado!

— ¿Será un oso?

— ¡Qué va! Duérmete…

Leo se vuelve a dormir inmediatamente, pero el ruido se oye de nuevo.

¡Camila quiere quedarse tranquila!

Coge la linterna del tío Pedro y baja por la escalera poco a poco.

Abre la puerta… y ve una forma enorme, negrísima, a unos pasos de allí.
Grita:

—¡Aaah!

—¿Qué pasa? —pregunta Pedro—. Camila, ¿dónde estás?

¡Patapúm! El tío Pedro, medio dormido, se ha caído de culo por
la escalera. Se levanta y ve a Camila, que está asustada:

—¡Hay un oso fuera!

—¿Un oso?

Pedro abre la puerta y se da de narices con una vaca que los mira, tan sorprendida como ellos.

— ¿ Esto es el oso del que hablas ?

Camila se echa a reír, aliviada:

— Creo que voy a ir a acostarme…

Esta vez, Camila duerme como un bebé.

Por la mañana temprano, baja la primera y abre la puerta con prudencia.

Delante del refugio están pastando unas vacas.

Las acompañan un vaquero y su perro.

Unos momentos más tarde, Camila vuelve a la cabaña y despierta
a Pedro y a Leo:

— ¡ El desayuno está servido !

Coloca sobre la mesa una jarra de leche bien fresca y un ramillete de flores
silvestres. Leo exclama:

— ¿ Dónde has encontrado todo eso ?

—La leche es un regalo del vaquero, que se llama Juan, y cuida a sus vacas
aquí al lado… ¡Y las flores las acabo de recoger!

Pedro sonríe:

— ¡ Eres una auténtica
montañera, Camila !

El amigo de las estrellas

Érase una vez un pequeño mago africano llamado Tam-Tam Satuku. Tam-Tam no salía nunca sin su bubu y sus collares de cuentas alrededor del cuello. Todas las noche, cuando el sol desaparecía tras las montañas, subía hacia el cielo y pasaba el tiempo en medio de las estrellas. Las acariciaba, les hablaba y jugaba con ellas. Primero estaban las enanas blancas, sobre las que se montaba a caballito; luego las gigantes rojas, por cuyas enormes ramas escalaba, y finalmente, las estrellas fugaces, con las que jugaba al escondite. Pero lo que más le gustaba a Tam-Tam era…

¡hacer bailar a las estrellas?

En su casa, todo el mundo bailaba desde siempre. ¿Por qué no las estrellas? No había ninguna razón. Sacaba entonces su rama de baobab y la dirigía hacia los astros, pronunciando su fórmula mágica:

—BO DOU WE MA DIN MAN KPON*!

Enseguida las estrellas empezaban a girar y a dar vueltas. ¡Unos auténticos fuegos artificiales! Tam-Tam se lo pasaba en grande, bailando en medio de las estrellas. Pero un día, cuando estaba visitando a sus protegidas, vio un astro que apenas brillaba. Intrigado, se acercó y vio una curiosa estrella. Llevaba gorro, bufanda y mitones sobre cada uno de sus brazos. Estaba temblando.

—Buenos días, señora Estrella, ¡qué ropa más rara llevas!
—Es porque soy la Estrella Polar. Durante todo el año vivo cerca del Polo Norte, donde el clima es glacial. He acabado por... ¡coger frío!

¡aaaATCHÍIIS!

El pequeño mago le tendió un pañuelo.

—Buchas gracias —dijo la estrella acatarrada.

—¡Qué hermosa eres! —dijo él—. ¡Qué lástima que tus rayos estén prisioneros de esas ropas de lana! Tengo una idea. ¡Voy a hacerte girar y dar vueltas! Después ya nunca tendrás frío.

Pronunció: —¡BO DOU WE MA DIN MAN KPON*!

Y enseguida la estrella salió volando por el espacio. Cuando dio la vuelta a la tierra, se quitó el gorro. Cuando adelantó a Júpiter, se quitó la bufanda. Al acercarse a Saturno, se sacó los mitones. No cabía duda alguna: ¡aquella danza africana estaba hecha para ella! Desde entonces, la Estrella Polar se convirtió en la estrella más luminosa de la galaxia.

Tam-Tam Satuku se alegró de verla brillar, sana y reconfortada.

* Que en beninés significa: «¡Bailad ahora!».

La mansión de Satanicaboche

El Gran Terror era una mansión habitada por la bruja Satanicaboche. Solo los más valientes se atrevían a acercarse. No tenía puerta, sino un agujero negro por el que los que entraban no volvían a salir jamás. A veces los paseantes se arriesgaban a detenerse ante la entrada, fascinados por los sonidos extraños que salían de ella: risas inquietantes, ruidos de cristales rotos y... ¡gritos de niños!

Pedrito y Alicia miraban la mansión con ojos espantados.

—Ven, Alicia —dijo de pronto el hermano mayor, valiente—. ¡Vamos a ver qué pinta tiene esa bruja!

Pero cuando entraron en el negro antro, Pedrito sintió que el miedo le hacía un nudo en el estómago. Alicia apretó con fuerza la mano de su hermano.

—¡Pedrito, tengo miedo! —balbució con voz temblorosa.

—No te preocupes, que conmigo no te ocurrirá nada.

¡AAAAAAAAAAH!

Pedrito acababa de sentir una mano
en el cuello. ¡Alguien había intentado
estrangularlo! De pronto, resonó una risa terrible:

—¡Ja ja ja ja! ¡Niños,
no saldréis vivos de aquí!

Un relámpago atronador atravesó la sala, justo el tiempo necesario para que
Pedrito y Alicia vieran sobre la pared una enorme mancha roja: ¡sangre! Aterrorizados, los niños se pusieron a gritar y a correr hacia delante, todo lo deprisa que podían en la oscuridad. Alicia se volvió para ver si la perseguían, ¡y
se encontró de narices con Satanicaboche! En la oscuridad, la bruja no tenía
cuerpo, solo su rostro estaba iluminado, un rostro de fuego con dos agujeros
negros en el lugar de los ojos.
El grito de Alicia alertó a Pedrito.
—¡No te vuelvas! —le gritó—. ¡Veo luz, debe ser la salida!
Con un último esfuerzo, Pedrito y Alicia salieron corriendo del agujero
negro. Se precipitaron hacia sus padres, que los esperaban al otro lado
de la mansión.

—Bueno, niños, ¿os habéis divertido?

—¡Síii, me gusta mucho
tener miedo! —respondió Pedrito.

—¡Pero solo en la feria! —añadió Alicia.

147

Cabellos-al-Viento

—¡No! —había gritado Flor-de-los-Campos, escapando de las manos de su madre—, ¡jamás!

Y había huido hacia el bosque, por pequeños caminos que solo ella conocía. Su madre había renunciado a perseguirla, sin esperanzas de poder hacerle algún día aquella famosa trenza cuyo secreto tienen las indias.

Flor-de-los-Campos era aparentemente una pequeña india como las demás. Sus largos cabellos eran negros como el jade, como los de su madre, su piel era morena como la de sus hermanas y había heredado la mirada orgullosa de la tribu de los sioux. Sin embargo, Flor-de-los-Campos era diferente: nada ni nadie podía obligarla a recogerse el pelo. Cabellos-al-Viento había comprendido que no era una niña como las demás. Su carácter era tan parecido que se habían convertido en muy buenos amigos.

Jugaban, reían y crecían juntos. Ella era la que había escogido su nombre, pues también él tenía hermosos cabellos que no se ataba nunca. Era menor que ella, pero mucho más alto. Curiosamente, esta diferencia los hacía ser aún más cómplices. No se separaban más que a la caída de la noche, para dormir. Pero aún entonces, Cabellos-al-Viento no podía evitar deslizar la cabeza por la abertura del tipi para vigilar a su amiga dormida. Permanecía un instante escuchando su respiración regular y luego, tranquilizado, se marchaba a dormir a su vez. Lo que más gustaba a los dos amigos era correr hasta la cumbre de la colina más alta para sentir el viento barriendo su rostro y jugar libremente con sus mechones salvajes.

Un día, Flor-de-los-Campos se puso a hacer una manta para regalársela a Cabellos-al-Viento. Mientras su madre la miraba divertida, la niña había alzado la cabeza y había dicho:

—Cuando sea mayor, me casaré con Cabellos-al-Viento.

—Pero Flor-de-los-Campos, ¡los seres humanos no se casan con los caballos!

El colegio de las tonterías

El colegio Graciosingo no es un colegio como los demás. Los padres mandan allí a los niños demasiado serios para que aprendan a hacer tonterías. Solo admiten a los alumnos que trabajan demasiado, que tienen siempre buenas notas y que no sonríen nunca, para que pasen allí un año.

En el colegio no hay más que tres profesores: la señora Jaimita, profesora de chistes, el señor Carota, profesor de muecas, y el señor Catá, encargado de la clase de tonterías. Con este último es con el que los alumnos más se divierten.

El señor Catá parece haber crecido demasiado deprisa. Siempre tiene los pelos de punta y los bolsillos llenos de canicas y de caramelos.

Con él, los alumnos aprenden a fabricar aviones de papel, a hacer batallas de almohadas o a pegar monigotes en la espalda de la señora Jaimita.

A final del curso, los profesores dan los premios del colegio a los mejores alumnos. Después del premio al Mejor Chiste y el premio a la Mueca más Horrible, el más esperado es el premio a la Tontería más Grande.

Este año, el feliz ganador se llama Gaspar. Había escondido fuera todas las tizas del colegio. Pero llovió, y las tizas se disolvieron. ¡Nadie pudo escribir en la pizarra durante más de una semana!

Por supuesto, el encargado de entregar el premio es el señor Catá. Pero cuando se está acercando a Gaspar, se desliza sobre una canica que se le ha caído del bolsillo y deja caer la copa, que se dirige derecha hacia el bufé.

—¡Qué catá! ¡Qué catástrofe! —grita.

Se precipita hacia el bufé para recoger la copa antes de que se caiga. Pero se engancha los pies en la alfombra, se agarra al mantel, tira los canapés y los vasos y… ¡lanza la tarta sobre el moño de la señora directora!

Finalmente, todo el mundo admite que el señor Catá debe guardarse el trofeo. ¡Pues no cabe duda de que nadie ha hecho nunca una tontería mayor!

El retrato

Marco está loco de alegría: el gran pintor Giuseppe lo ha escogido entre todos su alumnos para que lo acompañe a Rusia, donde tiene que pintar el retrato del zar.

—El viaje será arriesgado —le ha advertido Giuseppe—. Tenemos que atravesar las tierras de Gloukov, un príncipe cruel y loco.

En efecto, en cuanto los viajeros penetran apenas en el territorio de Gloukov, los rodean cien feroces caballeros que los llevan ante el terrible príncipe.

—¡Así que eres tú el gran Giuseppe!
—exclama el príncipe.

Su mirada es tan malévola que a Marco se le pone la carne de gallina.

—¡No saldrás vivo de aquí si no me haces el retrato más hermoso de todos los tiempos!

Cuando el príncipe se pone a posar en su trono, Marco prepara el lienzo y las paletas del maestro. Muele los polvos de colores y los mezcla con aceite para obtener el brillo mágico cuyo secreto posee Giuseppe.

—Un poco más de carmín —dice Giuseppe—, una pizca de polvo de oro…

Pero el viejo pintor tose, su mano tiembla y se le nubla la vista.

—Mi amo está agotado a causa del largo viaje —explica Marco tímidamente—. Tiene que descansar.

—¡ **Mentira** ! —brama Gloukov, loco de rabia—. Si esta noche no tengo mi retrato, ¡seréis arrojados desde lo alto de la torre!

Tras el lienzo, Giuseppe se hunde, desesperado:

—Vamos a morir por mi culpa…

De pronto, Marco coge el pincel. Como si una fuerza invisible guiara su mano, esboza el contorno del rostro, coloca las sombras, trabaja los colores…

Giuseppe se queda mudo: ¡el retrato es una obra maestra!

—¡ **Magnífico, sublime** ! —exclama Gloukov—. ¡Que los cubran de oro y que los conduzcan a Rusia en mi mejor carroza!

El zar recibe a Giuseppe con gran suntuosidad. Pero el maestro se disimula tras su alumno estupefacto:

—He aquí al maestro Marco, Sire. Su talento solo lo iguala su valentía. Él es el que hará su retrato; y no soy más que su ayudante.

Así fue como el pequeño Marco se convirtió en el pintor más grande de su época.

El refugio encantado

Gabriel se había ido de excursión a la montaña. Pero el cielo se había cubierto, se había puesto a nevar con fuerza y él se había perdido. Caía la noche cuando percibió una luz que bailaba en la oscuridad. Se dirigió hacia ella y tropezó con la puerta de un refugio. La puerta se abrió chirriando, pero no había nadie detrás para recibirlo. Sin embargo, Gabriel estaba seguro de que el pomo de la puerta había girado.

—*Buenas noches* —dijo con una vocecilla tímida al entrar—. ¿Hay alguien? Me he perdido mientras caminaba y...

¡Nadie le respondió! Gabriel dio una vuelta por toda la casita. Dos sillas, una mesa, una camita, una vela...

¡y allí, sobre una mesa, una taza humeante de chocolate!

¡Sin duda había alguien! ¡Lo podía sentir!

Pero ¿dónde había caído? ¡En casa de un ogro que se disponía a devorarlo? ¿En casa de una bruja que iba a transformarlo en sapo?

El pánico se apoderó de Gabriel cuando, de pronto, la taza de chocolate se movió ante su vista. Gabriel dio un grito de terror y ¡oh, estupor!, otro grito no menos asustado respondió al suyo.

—¿Quién está ahí? —dijo con una voz que pretendía ser fuerte.

—Soy yo —dijo una vocecilla.

—¿Quién es yo? —respondió Gabriel—. ¿Quién eres? ¿Dónde te escondes?

—Yo… me llamo Martín y soy un fantasmita… No quiero asustarle, pero yo también tengo mucho miedo.

Gabriel sonrió.

—¡Anda, qué divertido! ¡Un fantasma que tiene mieditis!

—¿Tiene menos miedo ahora? —preguntó la vocecilla. Gabriel asintió.

Entonces, lentamente, el pequeño fantasma apareció. A Gabriel enseguida le resultó simpático, aunque le pareció un poco pálido.

Hablaron durante una parte de la noche como amigos. A la mañana siguiente, salió el sol y Gabriel se encontró solo en el refugio.

—¿He soñado? —se preguntó.

Salió y fuera, en la nieve, vio algo escrito:

«¡Hasta pronto, amigo mío!

Martín.»

Un ratón de ciudad...
¡en el campo!

Arturo es un ratón que vive en una gran ciudad.

Le gusta organizar partidas de pilla pilla en los túneles y jugar a asustarse con los amigos pasando junto a los coches.

Una tarde, después del colegio, mamá le dice que ha recibido una carta:

—Los Topillo te invitan a ir de vacaciones a su casa. ¡Qué suerte tienes! ¡Viven en el campo!

Arturo frunce el morro.

¿ El campo ?

¿ Eso qué es ?

—¿Y voy a ir solo? —pregunta preocupado.

—No te preocupes, que allí estará tu primo Alfredo. ¡Tiene la misma edad que tú! —lo tranquiliza mamá.

Unos días más tarde, Arturo es recibido por su tío Tobías, su tía Fanny y el hijo de ambos, Alfredo. Tenían su guarida instalada en un granero.

¡Caramba! ¡Una casa de madera!

Es la primera vez que Arturo ve una.

Su tía ha preparado un festín: es un trozo enorme de queso.

Arturo hace una mueca de desagrado.

—¿No te gusta el queso? —le pregunta su primo con la boca llena.

—Huele muy fuerte. ¡Solo me gustan los quesos que van envueltos en plástico rojo! —responde Arturo de mala gana.

Su tía sonríe.

—Haz un esfuerzo, Arturo. Estoy segura de que cambiarás muy pronto de opinión. —Arturo prueba y se estira los bigotes.

—¡Huele a calcetines sucios, pero está riquísimo!

Todo el mundo estalla en carcajadas.

Al día siguiente, Alfredo despierta a Arturo
al amanecer para enseñarle la granja.

— ¡ Pero si todavía es de noche !
—mascula Arturo, aún dormido.

—¡Ven rápido! Los granjeros no nos molestarán.

Los ratones salen, pero de pronto Arturo da un salto al ver un gato negro
enorme con patas blancas.

—¡No tengas miedo! —ríe Alfredo—. ¡Es mi amiga Minina!

—¿Tu amiga? En donde yo vivo —dice Arturo— los gatos son nuestros
        peores enemigos. ¡Mi madre me prohíbe andar cerca de los canalones
            para que no me coman crudo!

                —Aquí los animales son colegas.

Sígueme, ¡te voy a presentar a la vaca Margarita! —le propone Alfredo.

Y arrastra a su primo hacia el prado.

—¡Hola, Margarita! Oye, ¿puedo beber un poco de tu leche?

—¡Sin problemas! ¿Tu amigo también quiere probar?

Y bajo la mirada estupefacta de Arturo, Alfredo trepa a uno de los pezones de la vaca y lo aprieta con todas sus fuerzas.

La leche fluye a chorros y salpica a Arturo, que se ha quedado debajo.

—¡Abre mucho la boca, Arturo !
—dice Alfredo, riendo.

Los dos amigos, con la barriga llena, deciden ir a dormir una siesta a la orilla del río. Arturo, que nunca se ha bañado más que en los desagües, se queda fascinado con los saltos de las ranas de nenúfar en nenúfar.

—¡Oh, Alfredo! ¿Has visto todos esos pececitos?

—Vamos con ellos —grita Alfredo, metiéndose en el agua.

—¡Uau !

—grita Arturo antes de lanzarse a su vez.

Unos instantes más tarde, Arturo lanza un gran suspiro al secarse en la orilla.

—¡ Primo, vives en un auténtico paraíso !

Se acerca la hora de cenar.

La tía Fanny interrumpe los juegos de los niños.

—¿Y si me trajerais unas zanahorias y unas patatas de la huerta?

—¿Una huerta? Otra cosa que no conozco. ¿Qué es?

—pregunta Arturo.

—Pues es un lugar con tierra, donde crecen las verduras —explica Alfredo.

Arturo no puede creer lo que está oyendo.

—¿Tierra? ¡Yo siempre rebusco en los cubos de basura para encontrar verduras!

Después de cenar, Alfredo salta de alegría: sus padres les permiten dormir al aire libre.

—Pareces supercontento —se extraña Arturo—. ¿Qué es el aire libre?

Su tío ríe:

—Vais a dormir fuera. ¡Ya verás, el espectáculo es magnífico!

Bien calentitos en sus sacos de dormir, los dos primos contemplan el cielo estrellado.

—¡Oh, una estrella fugaz!
—grita Alfredo—. ¡Piensa un deseo!

El deseo del ratón Arturo es un secreto. Pero creo que lo has adivinado…

Le gustaría que sus vacaciones durasen… ¡todo el año!

El ladrón de los zapatos de terciopelo

Willy Pies-de-Terciopelo era un ladrón. Por la noche, entraba en las casas y afanaba las joyas de los habitantes dormidos. Estos no se enteraban de nada, porque Willy tenía zapatos de terciopelo que no hacían ningún ruido. Se los había robado a Chanclo, el zapatero, y desde ese día, no se los quitaba nunca. Podía caminar, correr, saltar: nadie lo oía. Pero una noche de diciembre, mientras atravesaba un jardín nevado, los dos zapatos se acatarraron.

Cuando Willy entró en una de las casas adormecidas, se oyó un sonoro **¡AACHÍIS!**

—¡Perdón! —dijo el zapato izquierdo con voz pachucha.

A su vez, el zapato izquierdo se puso a toser.

—¡Pero callaos! —susurró el ladrón—, ¡nos van a oír!

—¡Pues no habernos hecho andar sobre la nieve! —se quejó el zapato izquierdo.

—¡Estamos malos por tu culpa! —protestó el zapato derecho.

Willy quiso hacerse perdonar, pues sabía que aquellos zapatos eran sus mejores aliados.

—Decidme lo que queréis y yo iré a buscarlo —les dijo.

—¡Necesito un pañuelo! —dijo el primero, estornudando.

—¡Y yo, jarabe para la tos! —añadió el otro, tosiendo.

Y Willy Pies-de-Terciopelo se puso a buscar,
no joyas, sino un pañuelo y jarabe para la tos.
Qué curiosa sorpresa cuando se dio cuenta de que,
a cada paso que daba, el zapato derecho tosía
y el izquierdo estornudaba.

Pero no por ello Willy se quitó los zapatos. ¡Tenía miedo de que huyesen corriendo! Entonces, para llegar en silencio al cuarto de baño, se puso a andar sobre las manos. Con la cabeza abajo y los pies al aire, consiguió abrir el botiquín. El pie izquierdo encontró un pañuelo de papel y el pie derecho un jarabe azucarado, pero mientras uno se sonaba y el otro bebía… ¡PATATRÁS! Willy Pies-de-Terciopelo perdió el equilibrio y se cayó. Despertado por el jaleo, el propietario encendió la luz y descubrió los zapatos de terciopelo abandonados en medio del salón.

—Pero… —exclamó—, ¡si son los zapatos que me han robado!

¡Vaya, vaya! El propietario de la casa no era otro sino Chanclo, el zapatero. Chanclo se precipitó hacia la ventana abierta y vio a Willy huyendo como alma que lleva el diablo, descalzo en la fría noche.

Chanclo, muy contento por haber encontrado sus zapatos, los colocó junto a un buen fuego de leña y se aseguró de que se restablecieran lo antes posible. ¡Pensaba ponérselos en la fiesta de Fin de Año!

¡A comer!

—¡A comer! —dice mamá. Le responde un largo silencio.

—¡A comer, niños! ¡La comida está servida! —dice mamá por segunda vez.

Pero nadie la escucha… Tomás sigue montando su cohete de lego, Guillermo juega con sus figuritas y Clementina está terminando una página de su libro.

¡Pero hay alguien que ha oído a mamá muy bien!

Un delicioso olor de bistec jugoso ha llegado hasta su morro. Margot, la perrita, avanza con sigilo hasta la cocina. ¡Todavía no hay ningún niño sentado a la mesa! ¡Vaya! Habrá que hacerse la simpática, mover la cola, rogar y sonreír zalamera para conseguir un trocito de grasa…

167

¡Ring, ring! Suena el teléfono, menuda suerte. Mamá se levanta de la mesa y se dirige al vestíbulo a contestar.

Margot salta entonces sobre la silla, coloca las dos patas sobre la mesa y olfatea ese suculento olor. Veamos… ¿qué plato elegir? ¿El de Clementina? ¡Hum… el bistec está al punto!, piensa Margot. Sin hacer ruido, hinca sus dientecillos puntiagudos en la carne y desgarra grandes trozos que se apresura a tragar. En dos minutos ya no queda carne en el plato. Luego, de un salto, Margot se sube a la silla de Guillermo y hop, atrapa el bistec. Pero es enorme y se cae al suelo con un gran

« ¡SPLATCH! »

Margot, inquieta, echa un vistazo hacia la puerta de la cocina.
Se oye un ruido, pasos en el pasillo…
No, por allí no viene nadie, ¡los niños se dirigen hacia el cuarto de baño! Margot aún tiene tiempo.
Tira del jugoso bistec hasta su cesto y trata de esconderlo bajo el cojín.

Después pone cara inocente de buena perrita, muy bien educada. Cuando los niños llegan a la cocina, sueltan un grito:

—¡Mamá! ¡Margot se ha comido los filetes!

—Ella al menos me ha obedecido —responde mamá—. Ha venido a comer cuando yo lo dije. —Y luego añade, en dirección a la ladrona:

—¡Margot, no se roba de los platos! Hoy no comerás carne.

Y hop, mamá recupera el filete que sobresale por debajo del cojín de Margot y se lo da en trocitos…

El misterio
del cañón

Érase una vez en Perú, dos cóndores que se llamaban Palta y Pipa. Vivían en un parque nacional, cerca del gran cañón de Colca, donde cientos de turistas se arremolinaban para admirar su vuelo. Cada día los cóndores recibían la visita del guarda, Julio, que iba para asegurarse de que todo iba bien. Pero aquella mañana Palta y Pipa tenían ganas de largarse a dar una vuelta.

—Estamos hasta el pico de volar para los turistas —dijeron Palta y Pipa al guarda—. Nos apetece irnos de vacaciones.

—¡Todavía no toca! —respondió Julio—. ¡A trabajar! —Y se marchó.

Pero Pipa, cabezota y un poco bribón, tiró del ala de Palta tras la partida de Julio.

—¡Escucha, tengo una idea! ¡Sígueme!

Las dos aves salieron volando y se posaron sobre la otra vertiente del cañón, cerca de una madriguera. De pronto, dos conejillos de Indias salieron del agujero.

—Amigos, Palta y yo queremos irnos de vacaciones. ¡Nos gustaría que nos sustituyerais!

—¡Yupi! —se alegró Roberto—. Siempre he soñado con volar.

—¿Pero cómo? —preguntó Fernando.

—No es difícil, basta con dejarte llevar por el viento.

Vamos a daros un cursillo de vuelo.

Al cabo de una hora, los dos conejillos de Indias ya dominaban más o menos las corrientes aéreas. Palta y Pipa miraron cómo planeaban hacia los turistas antes de tomar rumbo hacia el sur.

—Eh, mira, estoy haciendo un looping

—gritó Fernando a Roberto, muerto de risa.

—Fernando, mira a todos esos turistas con la cabeza alzada, qué graciosos son. ¿Y si…?

Los dos compadres, un poco bromistas, se entendieron con un guiño. Con los carrillos llenos de granos de maíz, ametrallaron a los desgraciados turistas y los persiguieron, venga a reír.

Al día siguiente, Roberto y Fernando decidieron bombardear a los turistas con excrementos que dejaban caer desde el cielo. Los turistas, asustados, corrían en todas direcciones. ¡Ja, ja, ja! ¡Jaaaa....! ¡Catastrófico!

Fernando, en pleno ataque de risa, calculó mal un giro y frenó agarrándose a los pelos de una visitante. Esta vez se habían pasado. Los turistas fueron a quejarse al guarda. Esa misma noche, el guarda fue a casa de Palta y Pipa. Los dos cóndores, muy morenos, pusieron cara de no saber nada. Pero el guarda no se dejó engañar y les regañó por la conducta. Ellos acabaron por confesar y prometieron no volver a hacerlo.

Desde entonces la calma ha vuelto al cañón. ¡Bueno, no del todo! De vez en cuando, ocurre que a un turista le cae, de no se sabe dónde, una bolita negra sobre la cabeza.

¡Un auténtico misterio!

La loca carrera

—Atención, habitantes del bosque —dijo el búho—, hoy es el día de la gran carrera de los animales. Que los inscritos, de pelo, pluma o pata, se presenten en la línea de salida en el lindero del bosque. Uh, uh.

Unos minutos más tarde, Astuto el zorro, Caoba la ardilla, Cegato el topo, Baltasar el oso pardo, Zoe la gallineta y Cigarra la hormiga se estremecían en la línea de salida. ¡Ah, sí, no olvidemos a Patocho, el pato salvaje! Aunque él, con esas patazas con las que se enreda continuamente, no tiene la menor posibilidad de ganar, se burla Astuto el zorro, que bizquea mirando a Zoe, la gallineta. El búho da la señal de partida.

—¡Que gane el mejor! ¡Un, dos, tres, listos, ya!

173

Los animales salen corriendo. Astuto le pisa los talones a Zoe la gallineta. Se relame, va a alcanzarla cuando:

—¡ TUUUUUUT ! ¡Astuto, estás descalificado! Está prohibido morder a los contendientes.

Astuto se marcha decepcionado.

Continúa la carrera. Baltasar el oso llega en cabeza cerca de un puente cuando de pronto, ¿qué es lo que ve en el río? ¡Una enorme trucha! Baltasar no lo resiste y se tira al agua. ¡ TUUUUUUT ! Peor para la carrera.

La carrera continúa. De pronto, Cegato el topo se cae y pierde las gafas. Como no ve nada, se equivoca de dirección y sigue en sentido contrario. ¡Está prohibido ¡ TUUUUUUT ! Cegato es descalificado.

La carrera continúa. Pero a Zoe, la gallineta, la distrae una de sus amigas que ha venido a apoyarla y se ponen a charlotear como dos cotillas sin seguir por el camino señalizado ¡ TUUUUUUT ! Zoe queda descalificada.

Sigue la carrera. Sin aliento, Caoba y Cigarra llegan a lo alto de la colina. No quedan más que unos metros por recorrer. Tras ellas, Patocho, el pato salvaje, avanza como puede. Cuando de pronto, PATATRÁS, tropieza y cae cuesta abajo.

—¡CUÁAAA ! —grita Patocho. Adelanta a Caoba y luego a Cigarra y ¡CUÁAAA!, llega el primero a la meta.

¡Viva Patocho, el pato de grandes patas!

LLEGADA

El caballero fantasma

Érase una vez un cruel caballero llamado Darmor, del que se decía que había embrujado un bosque. Por la noche se podía ver su armadura galopando sobre un caballo, como un fantasma. Todo el mundo lo reconocía por su casco: las dos alas negras que sobresalían a cada lado de los ojos eran tan puntiagudas como los cuernos del diablo. Dos ojos luminosos brillaban en la oscuridad y…

Brrrr, ¡qué escalofríos daba aquello! Ya nadie osaba aventurarse en el bosque. Ya nadie, excepto Galierano, el más joven y valiente de los escuderos que proclamó ante todos los aldeanos:

—¡Yo no tengo miedo de él y encontraré una forma de aniquilarlo!

Así pues, una noche, se adentró en el bosque y esperó al fantasma, encaramado en una rama de roble, con el corazón acelerado.

La luna llena convertía los árboles en horribles espantapájaros.

Intranquilo, Galierano se estremeció. De pronto, oyó cómo el caballero se acercaba a toda velocidad. En el momento en que pasaba bajo su rama, el valiente escudero saltó encima de él. Cayó sobre su armadura que se desmontó enseguida en mil pedazos. ¡Y apareció el caballero Darmor!

¡Pero estaba desnudo! ¡Desnudo como un gusano!

Galierano estalló en carcajadas y el fantasma del caballero Darmor corrió a esconderse detrás de un grueso tronco de árbol y gritó:

—¡Devuélveme mi armadura!

—De eso nada —le dio el joven escudero—, salvo si me promete que no volverá a aterrorizar a la región.

—¡Lo prometo! —dijo el caballero Darmor, molesto—. ¡Si miento, que me pudra en el infierno!

El joven escudero le devolvió la armadura y el fantasma debió mantener su promesa, porque no se sabía qué le daba más miedo, si el infierno o la vergüenza…

Muchos años más tarde, Galierano contó la historia a sus hijos, que se la contaron a los suyos…

Y así fue como Galierano entró en la leyenda.

La metamorfosis de Lorelei

Imaginad una joven muy bella que cantaba de maravilla. Habitaba en el bosque, en medio de los pinos. Tenía la costumbre de salir a la puesta del sol y de caminar hasta lo alto de un acantilado, donde veía el río por el que navegaban numerosos barcos.

Se sentaba y cogía la guitarra para acompañar su canto que el eco repetía por todo el valle. A menudo los marineros, sorprendidos por tan agradable música, se dejaban acunar por la voz melodiosa y de pronto, dejaban de prestar atención a las peligrosas rocas.

Entonces ocurría la catástrofe: su barco se golpeaba contra una gruesa piedra y se hundía entre los torbellinos del río.

En realidad, bajo su dulce aspecto de jovencita se escondía una bruja horrible que pretendía hundir a los marineros.

Tenía un corazón malvado y no respondía nunca cuando los marineros le pedían socorro.

Un día, a la salida del bosque, se cruzó con un guapo caballero montado en un caballo blanco. Se quedó maravillada por su hermosura. Pensó que se detendría a hablar con ella pero no, siguió su camino.

Al día siguiente, lo vio de nuevo, pero él no se detuvo.

Ella se acostumbró a esperarlo simplemente para verlo pasar por las noches… y así fue durante días y días, de modo que ya no subía a lo alto del acantilado y ya no cantaba. Los marineros no oían ya su canto y pasaban sin peligro por el centro del río.

Finalmente, el caballero se decidió a hablarle:

—Si tu corazón cambia, si estás dispuesta a no volver a hacer el mal con tu voz encantada y engañosa, te llevaré al reino de la felicidad.

¡Tu corazón de bruja se convertirá en un corazón de hada!

Lorelei no lo dudó: decidió convertirse en buena y benevolente. Se subió al caballo y, enamorada, se marchó con el caballero.

Zebraida

Z ebraida, la cebra, es el animal más admirado del zoo. «¡Qué rayas!», grita la gente cuando la ven deambular. Su originalidad le hace sentirse muy orgullosa. Pero desde hace unos días, hay una cosa que la tiene preocupada: cada vez tiene menos rayas. «¿Quién me las estará robando?», piensa tristemente.

Zebraida se confía a su amiga Serafina, la jirafa.

—¡Esta noche montaré guardia fuera! —decide esta.

Cuando llega la noche, se coloca a la entrada de la cabaña de la cebra. Con su largo cuello, Serafina ve hasta muy lejos: no se le escapará nada. Y la noche pasa con absoluta tranquilidad.

Sin embargo, cuando Zebraida sale de su cabaña al día siguiente por la mañana, horror: ¡le han desaparecido todas las rayas del morro! Serafina no lo entiende.

—¡Te aseguro que no he pegado ojo y no ha venido nadie!

Zebraida solloza.

—¡Estoy acabada, completamente acabada!

Pero Serafina no ha dicho la última palabra. Al llegar la noche, se instala en la cabaña de su amiga. Pasan las horas…

Serafina empieza a desanimarse cuando de pronto, se oye rascar: «¡Crrr, crrr!»

La jirafa abre mucho los ojos. De la tierra sale un hocico rayado.

Después unas patas, y un cuerpo. Y Blas, el tejón, aparece enterito.

Serafina no se lo puede creer:

—¡Blas! ¿Qué haces aquí? —grita.

Zebraida se despierta sobresaltada y Blas, muy contrito, estalla en sollozos.

—¡Estaba harto de no ser tan admirado como Zebraida! Así que le cojo las rayas para que me miren a mí también.

Zebraida, conmovida, atrae con la pata hacia sí al pequeño tejón:

—Sin duda he sido demasiado orgullosa. ¡Perdona!

Al día siguiente, Zebraida ha recuperado todas sus rayas. ¿Todas? No, no todas. En señal de amistad, le ha dejado dos a Blas. A partir de ese momento, son inseparables y deambulan juntos, mostrando a la gente sus hermosas rayas negras.

El pozo maldito

En el bosque de Soplaelviento, sobre el brocal del Pozo Maldito, se podía leer lo siguiente:

« Dadme una moneda para beber agua clara.
¡ Si no, cuidado con la bruja y sus malvados duendes ! »

Un día pasaron por allí dos hermanos.

—Imagina el botín que debe haber en el fondo del pozo —exclamó Robusto, el mayor—.

Si atrajera a los duendes para que me persiguiesen, tú podrías bajar y llevarte la pasta.

—¿Y la bruja? —preguntó Patoso, el pequeño.

Pero Robusto ya había sacado agua y había salido corriendo como alma que lleva el diablo.

Enseguida salieron del pozo diez duendes con aspecto malévolo y se pusieron a perseguirlo.

Patoso no sabía qué hacer. No tenía ganas de encontrarse con la bruja, pero no podía abandonar a su hermano…

Mientras dudaba, de pie en el borde del pozo, oyó que Robusto soltaba un grito espantoso.

Patoso se sobresaltó y ¡oh, catástrofe!, se cayó en el agujero negro.

Chocó contra el agua con un chasquido horrible y chapoteó en el agua viscosa. Ya no sabía ni dónde estaba. Tanteó a su alrededor como loco y de pronto sintió, bajo los dedos, ¡como un montón de huesos! Se estremeció, dio una gran patada hacia abajo en aquella melaza y salió

¡Uf!

Saltando fuera del agua, vio un túnel y entró. En el interior, grandes ratas mojadas corrían en todos los sentidos y se le escurrían entre la piernas… No muy tranquilo, Patoso llegó pronto a una inmensa caverna. Allí, con las uñas que le llegaban al suelo y los cabellos rebosantes de luciérnagas y gusanos, la horrorosa bruja pegaba puñetazos al aire. Ante ella flotaba una bola de cristal que mostraba a Robusto y a los duendes, que seguían con su feroz combate.

—¡Los duendes imitan los gestos de la bruja! —advirtió Patoso—.

Si la dejo K.O.,
seguro que mi hermano se salva.

Patoso avanzó hacia la bruja… pero tropezó y se cayó cuan largo era. La anciana estalló en una risa malévola y se olvidó de dar puñetazos en el aire.

—¡Bingo! —pensó Patoso.

Y se puso a hacer el payaso. La bruja se retorcía de risa sin poder parar. Fuera, los duendes debían estar haciendo lo mismo.

En la bola de cristal, Patoso vio en efecto que Robusto ataba a un tronco a los duendes muertos de risa. Luego, Robusto se unió a su hermano. Juntos ataron a la bruja, se llenaron los bolsillos y abandonaron para siempre el bosque de Soplaelviento.

¿Y la bruja?

Pues parece que se soltó y sus duendes también, y desde entonces, los enseña a hacer payasadas.

¡Eso les sirve para entretenerse en las largas noches que pasan en el fondo del pozo!

Tabla

de materias

¡Ñañañá!

¡Demontres!

GO